新装版

必殺闇同心

黒崎裕一郎

祥伝社文庫

目次

第一章　女殺し人　7
第二章　翡翠《ひすい》の根付《ねつけ》　69
第三章　浪人狩り　125
第四章　仇討《あだう》ち　180
第五章　淫獣《いんじゅう》　233
第六章　一殺多生《いっせつたしょう》　289

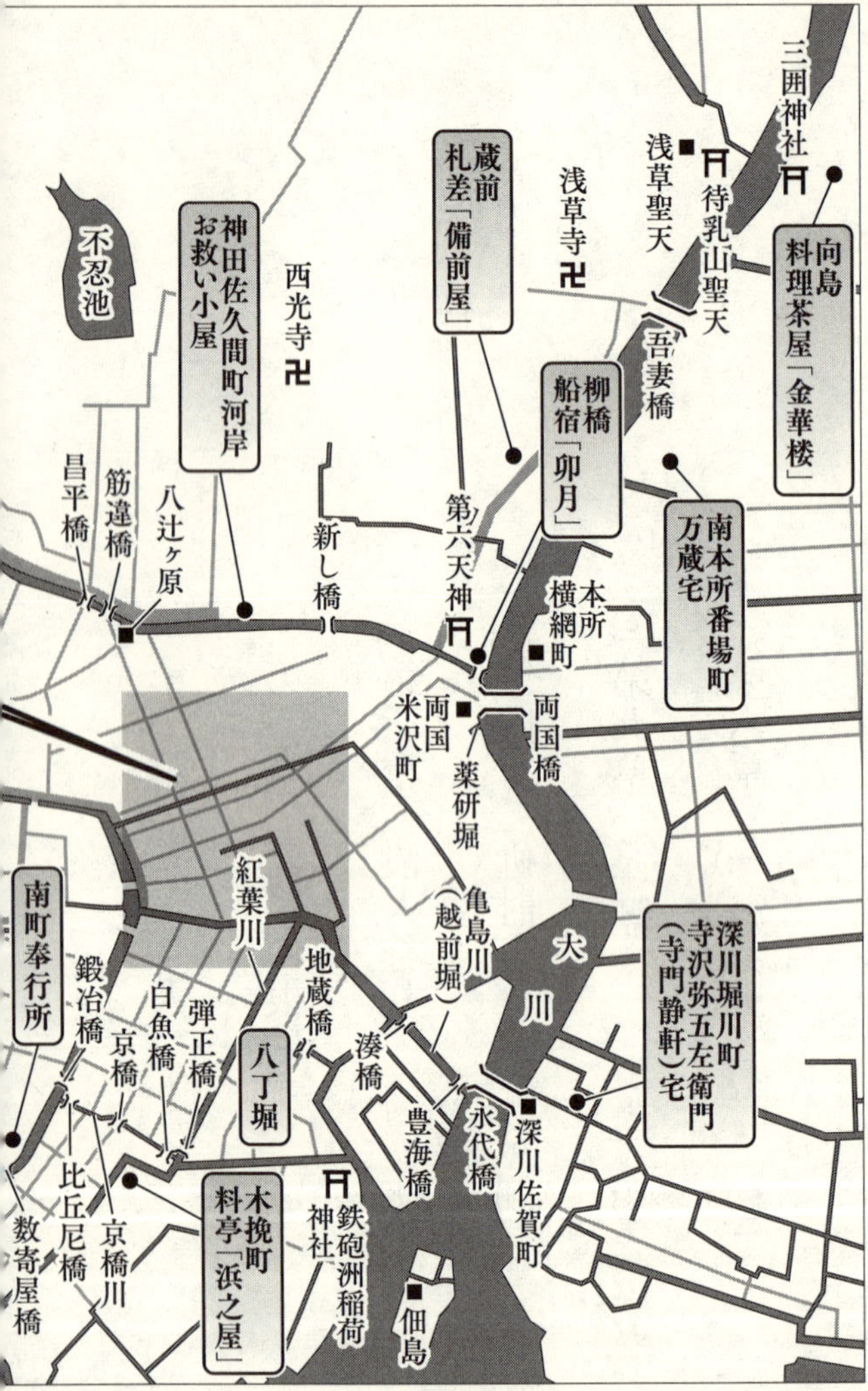

三囲神社
向島料理茶屋「金華楼」
待乳山聖天
浅草聖天
浅草寺
蔵前札差「備前屋」
吾妻橋
柳橋船宿「卯月」
南本所番場町万蔵宅
西光寺
神田佐久間町河岸お救い小屋
不忍池
本所横網町
第六天神
新し橋
八辻ヶ原
筋違橋
昌平橋
両国橋
両国米沢町
薬研堀
大川
深川堀川町寺沢弥五左衛門（寺門静軒）宅
亀島川（越前堀）
紅葉川
地蔵橋
湊橋
永代橋
深川佐賀町
豊海橋
八丁堀
弾正橋
白魚橋
京橋
鍛冶橋
南町奉行所
比丘尼橋
京橋川
数寄屋橋
木挽町料亭「浜之屋」
鉄砲洲稲荷神社
佃島

日本橋界隈
神田多町
白山権現
日本橋堀江町
米問屋「笠倉屋」
筆墨硯問屋
「宇野屋」
小夜宅
日本橋小網町
半次郎 舟小屋
萬町
生薬屋「井筒屋」
一石橋
日本橋
荒布橋
呉服橋
江戸城
北
西
東
南
「必殺闇同心」の舞台

地図作成／三潮社

第一章　女殺し人

1

川面《かわも》に皓々《こうこう》と月明かりが映《は》えている。

風もなく、やや生暖かい夜である。岸辺に生い茂った葦《あし》はそよとも動かず、深い静寂が四辺を領している。聞こえるのは、京橋《きようばし》川の流れの音だけである。

突然、川岸の草むらがざわざわと波打ち、白い月明の中に人影がわき立った。転がるように女が走ってくる。恐怖に顔をゆがめ、息を荒らげて走ってくる。色の白い十八、九の町娘である。その後方から追走してくるもう一つの影があった。中背の若い男である。

「あっ」

蔓草《つるくさ》に足をとられて、娘が草むらに倒れ込んだ。あわてて立ち上がろうとしたところへ、背後から男が猛然と躍《おど》りかかり、襟首《えりくび》をわしづかみにして押し倒した。

「や、やめて！」

必死に抵抗する娘に馬乗りになり、ふところから手拭《てぬぐ》いを取り出して娘の口に押し込むと、男は荒々しく黄八丈《きはちじょう》の下前《したまえ》をはぐった。むき出しになった娘の下肢が、白い月明かりに照らし出されて艶《なま》めかしく耀《かがや》いている。

男の目がぎらりと炯《ひか》った。口を半開きにして犬のように息を荒らげながら、片手でおのれの一物をつまみ出すと、一気に娘の秘所に突き差した。

娘は身をよじって必死にあらがう。激しく腰を振りながら、男は狂ったように娘の首を絞め上げた。やがて娘の体がぐったりと弛緩《しかん》した。見開いた目がうつろに虚空を見ている。男がけだもののような喚《おめ》きを発して欲情を放出した。娘の体はぴくりとも動かない。すでに虫の息だった。それを見ても男は何の反応も示さない。まったくの無表情である。

こと切れた娘の股間から、萎《な》えた一物を引き抜くと、男はずるずると死体を引きずって、無造作に京橋川に投げ捨てた。水音を立てていったん川底に沈んだ娘の死体が、無数の水泡とともにぽっかり川面に浮かび上がったときには、もう男の姿は闇の彼方にかき消えていた……。

暁闇《ぎょうあん》の空に、ほんのり曙光《しょこう》がにじみはじめた明け六ツ（午前六時）ごろ、まだ眠りから覚めやらぬ八丁堀《はっちょうぼり》の路地を、ふところ手で飄々《ひょうひょう》と歩いてゆく長身の男がいた。

髷《まげ》を粋《いき》な小銀杏《こいちょう》に結《ゆ》い、三つ紋付きの黒羽織に茶縞《ちゃじま》の着流し、紺足袋《こんたび》に雪駄《せった》ばき、腰に二刀をさしている。いわゆる〝八丁堀風〟といういでたちである。

やや面長《おもなが》な顔、髭《ひげ》が濃く、鷹のようにするどい目つきをしている。名を仙波直《せんばなお》次郎《じろう》という。歳は三十一、南町奉行所の同心である。

ふあっ。

と生あくびをしながら、直次郎は八丁堀の路地をぬけて亀島《かめしま》川の川岸通りに出た。川の東に松平越前守《まつだいらえちぜんのかみ》の中屋敷があることから、亀島川は俗に越前堀ともよばれている。

西の空の端には、まだ上弦《じょうげん》の月がぼんやりと浮かんでいる。行き交《か》う人の姿もなく、ひっそりと静まり返った川岸通りを、二匹の野良犬がじゃれ合いながら、川下のほうに走り去っていく。そのあとを追うように、直次郎も川下に向かって歩きはじめた。

ほどなく前方に小さな木橋が見えた。亀島橋である。橋のたもとに満開の花を咲かせた桜の老樹がぽつんと立っている。春の香りをたっぷりふくんだ風が、寝起きの顔を心地よくねぶっていく。まさに春風駘蕩《しゅんぷうたいとう》、春爛漫《はるらんまん》の朝である。

亀島橋の手前の路地を右に折れて半丁（約五十四メートル）もいくと、左手に小さな湯屋があった。暖簾《のれん》に『亀の湯』とある。直次郎は〝女湯〟の戸を引きあけて中に入った。

江戸の湯屋の営業時間は、明け六ツ（午前六時）から暮れ六ツ（午後六時）までの十二時間である。口明けから四ツ（午前十時）までの男湯は、仕事に出かける前の職人や人足、朝帰りの遊び人などで混雑するが、女湯のほうはつねにがら空きだった。そこで湯屋のあるじが気を利《き》かして町奉行所の与力《よりき》や同心を女湯に入れたのである。これが八丁堀の七不思議といわれる『女湯の刀掛け』の由来である。

「いらっしゃいまし」

直次郎の顔を見るなり、湯屋のあるじ嘉平《かへい》がすかさず番台から降りてきて、

「どうぞ」

と女湯の脱衣場に案内し、二階から刀掛けと留桶《とめおけ》を持ってきた。留桶というのは、常連客が特別に金をはらって湯屋においておく専用の桶のことである。深さ六寸（約十八センチ）、わたりが八寸（約二十四センチ）に一尺（約三十センチ）の楕円形《だえんけい》の桶で、その形から「小判形《こばんなり》」とよばれた。

留桶には、それぞれ客の名前や家紋が記されており、所有者は使用料のほかに五節句や物日《ものび》に三百文ぐらいの祝儀《しゅうぎ》を湯屋に支払うきまりになっていたが、むろん、直次郎の場合は無料《ただ》である。

この時代、武士が町の湯屋に入ることは原則として禁じられていたが、町奉行所の与力や同心たちは情報収集という名目でなかば公然と湯屋に出入りしていた。朝起きると湯上がりの浴衣《ゆかた》や垢《あか》すり用の糠《ぬか》敷《じき》、団扇《うちわ》などを持って白衣《びゃくえ》（普段着）のまま近所の湯屋に通うのが、いわば彼らの日課だった。

直次郎も、この『亀の湯』には十年以上通いつづけている。

「新しいお役には慣れましたか」

直次郎の背中を流しながら嘉平が訊《き》いた。

「慣れるには慣れたが、外回りにくらべると一日が長くてな。退屈で仕方がねえ」

「でしょうねえ」

と嘉平が同情するように相槌《あいづち》をうつ。

「それにしても、旦那のようなお人を、役所の隅っこにうっちゃっておくなんて、奉行所のお偉方《えらがた》も何を考えているんですかねえ」

「ま、これもご時世だ。泣く子と地頭《じとう》には勝てねえさ」

「嫌な世の中になっちまったもんで……。矢部《やべ》さまの時代が懐かしゅうございますよ」

「まったくだな」

直次郎も感慨深げにうなずいた。

直次郎は、つい三カ月ほど前まで、南町奉行所の廻《まわ》り方同心をつとめていた。町奉行所の廻り方には定町《じょうまち》廻り、隠密《おんみつ》廻り、臨時廻りの、いわゆる「三廻り」があり、中でも定町廻りは町奉行所の花形といわれる役職であった。直次郎がつとめていたのも、その定町廻りである。

南町奉行所屈指の腕利き同心として内外に声望の高かった直次郎に、青天の霹《へき》靂《れき》ともいうべき不運がおとずれたのは昨年の十二月だった。

突然、奉行の矢部駿河守定謙《するがのかみさだのり》が罷免《ひめん》され、その後任に目付の鳥居甲斐守耀蔵《とりいかいのかみようぞう》が抜擢《ばってき》されたのである。一説には、矢部の突然の失脚は、鳥居による陰謀だといわれているが、直次郎にもくわしい事情はわからない。ただ、鳥居という人物がすこぶる評判の悪い男であるということだけは、確かだった。

町々で惜しがる奉行矢部《やめ》にして

どこが鳥居《とりえ》で何がよう蔵

落首に詠《よ》まれているように、江戸の衆民のあいだでは、矢部の退任を惜しむ声が絶えなかった。一方の鳥居は酷吏《こくり》の悪評高く、「妖怪＝耀甲斐」とよばれて恐れられていた。

その鳥居が南町奉行の座についたとたん、奉行所内で大幅な人事異動が行われた。前任の矢部駿河守の信任の厚かった与力・同心たちがことごとく更迭《こうてつ》されたのである。

直次郎もその一人だった。矢部の在任中、定町廻りとして数々の実績をあげたために、新奉行の鳥居から「矢部派」の烙印をおされ、閑職に追いやられたのである。役職名は「両御組姓名掛同心《りょうおくみせいめいがかりどうしん》」。南北両組与力・同心の姓名帳を編纂《へんさん》したり、加除記入を行う職員録の係で、目下《もっか》、直次郎が一人でつとめている。

「さて、ぼちぼち上がるか……」

嘉平に岡湯《おかゆ》（上がり湯）をかけてもらい、脱衣場に上がって手早く衣服を身につけると、

「厄介《やっかい》になった」

一言礼をいって、直次郎は外に出た。

晴れ渡った空から、朝の陽光がさんさんと降りそそいでいる。つい先刻まで、人影ひとつなかった越前堀の川岸通りにも、仕事に向かう職人や人足《にんそく》、お店者《たなもの》などがあわただしく行き交い、朝の活気がみなぎっていた。

町奉行所同心の出仕時刻は、与力より一刻《とき》（二時間）早い辰《たつ》の刻《こく》（午前八時）である。八丁堀から数寄屋《すきや》橋の南町奉行所までは、徒歩でおよそ四半刻（三十分）、『亀の湯』を出たのが六ツ半（午前七時）ごろだから、ゆっくり歩いていっても十分間に合う。

川岸通りを下流に向かってしばらく行くと、やがて稲荷《いなり》橋に突きあたる。これ

は越前堀と桜川《さくらがわ》の合流点にかかる橋で、南詰めに鉄砲洲《てつぽうず》稲荷神社があるところから、その名がついたという。

直次郎は橋をわたらずに、手前を右に折れて、桜川に沿って西に足をむけた。ここから京橋、比丘尼《びくに》橋をへて数寄屋河岸に出るのが、いつもの行程である。川沿いの道を二丁（約二一八メートル）ほど歩いたところで、直次郎はふと足をとめて、前方に目をやった。

川岸に人が群れ集まっている。

近寄ってみると、人垣の中に見慣れた男の姿があった。昨年まで御出座《ごしゆつざ》御帳掛《おちようがかり》をつとめていた片桐十三郎《かたぎりじゆうさぶろう》、奉行が鳥居耀蔵に代わってから、定町廻りに栄転した〝出世組〟の一人である。そのかたわらに、これも昨年まで見習い同心をつとめていた高木伸之介《たかぎしんのすけ》が立っている。

「おう、仙波か」

直次郎の姿に気づいて、片桐十三郎が振り向いた。顎《あご》の尖《とが》った狷介《けんかい》な面貌《めんぼう》の男である。歳は直次郎と同い年の三十一。甲源《こうげん》一刀流の遣《つか》い手で、心抜《しんぬき》流の直次郎とともに南町の双璧といわれる剣の達人だが、陰湿な性格が禍《わざわ》いして出世が遅れ、長い間内勤の冷《ひ》や飯《めし》を食わされてきた。見習い同心からいきなり町奉行所の花形「定町廻り」に抜擢された直次郎とは対極的な人生を歩いてきた男である。そのせいか直次郎に対しては人一倍ライバル意識が強く、昨年のお役替えで立場が逆転したとたん、それまでの鬱憤《うっぷん》を晴らすかのように物いいも態度も横柄《おうへい》になった。

片桐の剣呑《けんのん》な視線をかわして、直次郎は足元を見下ろした。草むらにずぶ濡れの若い女の死体が横たわっている。黄八丈の着物を着た十八、九の町娘である。

「殺しか？」

「お前さんの出る幕じゃねえぜ」

と邪慳《じゃけん》に直次郎の体を押しやり、

「娘の履物が見あたらねえ。川っ淵を捜してみろ」

小者たちに指示して、岸辺のほうに去っていった。それをちらりと見送って、

仲之介が直次郎のかたわらに歩み寄り、小声でいった。

「片桐さんは身投げと見てるようです」

直次郎は無言で死体を見下ろした。色白の可憐《かれん》な面立《おもだ》ちをした娘である。見たところ、とくに目立った外傷はない。やおらかがみ込んで死体の胸に両手を当て、力まかせに二、三度押した。仲之介は唖然《あぜん》と見ている。娘の鼻孔からわずか

に血泡《けつほう》が噴《ふ》き出した。

「水は一滴も飲んじゃいねえ」

ぼそりといって、直次郎は死体の着物の下前を無造作にはぐり、何を思ったか、あらわになった娘の女陰《ほと》にいきなり指をさし込んだ。

「仙波さん」

さすがに見かねて伸之介が声をかけた。直次郎はゆっくり立ち上がって、

「身投げじゃねえな、これは」

「え」

「首を絞められて殺されたにちがいねえ。男と媾合《まぐわ》ったあとにな」

突き出した直次郎の指先に、白濁した粘液がねっとりと付着している。明らかに情交の跡だった。伸之介が凝然《ぎようぜん》と見ていると、

「おい、伸之介。ぼけっとしてねえで手伝え」

片桐の怒声が飛んできた。

「は、はいッ」

「なんだ仙波、まだいたのか」

片桐がにらみつけるように直次郎を見て、

「仕事の邪魔をせんでくれ」

追い払うように手を振った。もともと直次郎とは折り合いの悪い男だったが、立場が逆転するとこれほど露骨《ろこつ》に態度が変わるものかと、内心苦笑しながら直次郎は背を返した。

南町奉行所の敷地は、総坪数二千六百十七坪と広大である。東側に黒渋《くろしぶ》塗りの正門があり、門を入ると正面に瓦葺《かわらぶ》きの表役所がある。建物は平屋造りで、総建坪は千八百十九坪、じつに千人は収容できるという巨大な庁舎である。

奉行の吟味《ぎんみ》席や与力・同心の御用部屋、詰所、右筆《ゆうひつ》部屋などの枢要《すうよう》な部署は、役所の中央部に集中しているが、一般事務職の部屋は、建物の北側のかなり奥まったところにあった。直次郎がつとめる「両御組姓名掛」の用部屋は、さらに奥まったところの六畳ほどの薄暗い板敷きの部屋である。

その用部屋で、直次郎は朝五ツ（午前八時）から暮れ七ツ（午後四時）までの四刻（八時間）を、たった一人で過ごすのである。

「両御組姓名掛」という役職は、南北両町奉行所の与力・同心の昇進、配転、退隠、賞罰、死亡などを名簿に書き加えたり、削除したりするのがおもな役目だが、実際には書棚に積まれた膨大《ぼうだい》な書類を管理するだけの退屈きわまりない仕事だった。

用部屋に入ると、まず書棚の書類や綴《つづ》りを一冊ずつ取り出して埃《ほこり》をはらい、頁《ページ》をくって汚れや虫食いの有無を点検し、また書棚にもどす。それが済むと机に向かって名簿をひろげ、姓名欄に一通り目をとおす。やることといえばそれだけだったが、ときには上役の与力や古参の同心から使いっ走りを頼まれたり、本来小者がやるべき雑用を押しつけられたりすることもあった。だが、直次郎は一向に意に介さなかった。

町方同心といっても、しょせんは宮仕えである。奉行所の一員として公儀の扶《ふ》持《ち》を食《は》んでいる以上、上司の命令には絶対服従であり、いちいち腹を立てていたのではつとまらない。有為転変《ういてんぺん》は人の世の常、と直次郎は割り切っている。

名簿の姓名欄に目をとおしているうちに、いつしかうつらうつらと舟をこぎ出していた。

2

「仙波さん、仙波さん」

低い嗄《しゃが》れ声とともに、遣戸《やりど》をホトホトと叩く音がした。その音で直次郎はハッと目を覚まし、立ち上がって戸を引きあけた。廊下に初老の小柄な男が立っていた。例繰方《れいくりかた》同心の米山兵右衛《よねやまひょうえ》である。

「茶でも飲みませんか」

兵右衛が欠けた歯を見せてニッと笑った。歳は五十二、例繰方一筋に歩いてきた古参同心で、性格は温厚実直、直次郎が心をゆるせる数少ない人物の一人である。

「では、お言葉に甘えて」

直次郎が応《こた》えると、

「どうぞ、どうぞ」

と、となりの部屋の戸を引きあけて、中に招じ入れた。

十畳ほどの板敷きの部屋である。三方の壁は書棚になっていて、ぶ厚い綴りがぎっしりと積み重ねてある。そのほとんどは罪囚の犯罪の状況や断罪の擬律《ぎりつ》などが記録された御仕置裁許帳《おしおきさいきょちょう》（現代でいう刑事訴訟の判例集）である。これらの書類を作成し、保管する役職を「例繰方」といった。

部屋の一隅に小さな手あぶりがあり、その上で鉄瓶がしゅんしゅんと音を立てて湯気を噴き出している。その湯を急須《きゅうす》にそそぎながら、兵右衛が嘆かわしげにつぶやいた。

「近ごろ、やたらに殺しが増えましたなあ」

「はあ」

直次郎が同調するように深々とうなずいて、

「今朝方も出仕の途中、若い娘の仏《ほとけ》に出食わしましたよ」

「殺しですか」

「おそらく」

「ここだけの話ですがね」

兵右衛が金壺眼《かなつぼまなこ》をしょぼしょぼとしばたたかせながら、声をひそめていった。

「鳥居さまが御奉行になられてから、殺しだの押し込みだのと、凶悪な事件が増えたような気がしてならないんですよ、私は」

「廻り方にやる気がないんでしょう」

「それはもう……、最近の当座帳《とうざちょう》をみれば一目瞭然《いちもくりょうぜん》です」

当座帳とは、与力や同心が岡っ引から聞き出した情報を奉行所に報告し、それを例繰方が帳面に記録したもので、俗にいう捕物帳のことである。

兵右衛がふと立ち上がって、書棚から真新しい当座帳を持ってきた。

「これをごらんください」

帳面には、この数カ月に江戸市中で起きた凶悪事件がびっしりと列記されている。解決した事件には朱筆で線が引かれているが、大半は黒字のままである。つまり、未解決事件がそれほど多いということだ。

「この中に妙な事件がいくつかありましてね」

「妙な事件……というと？」

「殺しの手口がひどく似てるんですよ。たとえば」

と当座帳をくりながら、

「五日前に殺された金貸しの五兵衛《ごへえ》は、盆の窪《ぼんくぼ》をするどい刃物で一突きにされ、三日前に殺された香具師《やし》の源蔵《げんぞう》も、同じような刃物で心ノ臓を一突きにされて殺されているんです。傷口から見て匕首《あいくち》や短刀ではなさそうなんですよ。何か特殊な得物《えもの》を使ったのではないかと」

「ほう」

「私はね」

と、兵右衛が膝《ひざ》を乗り出して、一段と声を落とした。

「闇の殺し人の仕業《しわざ》ではないかと見ているんですが」

「闇の殺し人！」

「しっ」

兵右衛があわてて口に指をあてた。

「これはあくまでも私の推量なので、大きな声ではいえませんが……、仮にそういう手合いが跋扈《ばっこ》しているとなると、ただごとではありません。町方が舐《な》められているということですからね」

「というより、町の者は奉行所を信用してないんでしょう。これだけ人殺しが増えても一向に下手人《げしゅにん》があがらない。身内の者にとっては殺され損の泣き寝入り。『闇の殺し人』がそこにつけ込んだとしても不思議じゃありませんよ」

「なるほど……。となると、ますます事態は深刻ですなあ」

深く嘆息《たんそく》して、兵右衛は茶をすすりあげた。

南町奉行が矢部駿河守から鳥居耀蔵に代わってから、凶悪事件が激増したのは厳然たる事実である。その原因の一つは、老中首座・水野越前守忠邦《みずのえちぜんのかみただくに》がおしすすめる幕政改革にあった。世にいう「天保《てんぽう》の改革」である。

奢侈《しゃし》禁止令や物価統制令など、天保十二年（一八四一）五月から同十四年（一八四三）十二月までの二年半のあいだに発布された町触れは、じつに百七十八件にのぼった。文字どおり「法令雨下《ほうれいうか》」の乱発である。

水野忠邦の意図は、条令の内容よりも、それをいかに徹底させるかにあった。そのために目付上がりの鳥居耀蔵を南町奉行に抜擢したのである。

水野の意をうけた鳥居は、従来の〝三廻り〟のほかに市中の経済動向を監視するための諸色調掛《しょしきしらべがかり》と、風俗や出版などを取り締まる市中取締掛を新たに設置し、苛烈《かれつ》なまでの取り締まりを行った。鳥居の督励《とくれい》にあおられた町方役人たちは、犯罪捜査そっちのけで禁令違反者の摘発に奔走《ほんそう》した。これが町方役人を堕落《だらく》させた第一の原因だと直次郎は思っている。

現実に、こんな事件もあった。

禁制の本繻子《ほんじゅす》の帯を締めて歩いているところを、南町奉行所の廻り方に見とがめられ、衆人環視のなかで着物をはぎ取られた若い女がいた。

また「買い試し」と称して、同心が客をよそおって禁制の贅沢品《ぜいたく》をしつこく買い求め、それに応じて品物を売ってしまった店の主人を、即座に摘発するという露骨な囮《おとり》捜査が行われたり、〝桜〟を使って幕政批判をさせ、それに同調した者たちを検挙して多額の過料（罰金）を科す、という卑劣な捜査も日常茶飯事《さはんじ》に行われていた。これではまるで役人が点数稼ぎのために罪人をつくり出しているようなものである。

「お上があまりにも厳しく締めつけるものですから、禁制品とされたものをあつかう呉服問屋や小間物問屋などは、商《あきな》いが立ち行かなくなって、ばたばたつぶれてますよ」

二杯目の茶をいれながら、兵右衛が口の中でぼそぼそとつぶやくようにいう。

「その結果、職をうしなった者が町にあふれ、治安が乱れる。悪循環ですな」

「よい目を見ているのは、廻り方の役人と悪徳商人ばかりです」

「こんな役職にまわされたおかげで、わたしも収入《みいり》がぐんと減りましたよ」

そういって、直次郎は自嘲の笑みを浮かべた。

町方同心は三十俵二人扶持《ぶち》の蔵米《くらまい》取りである。蔵米取りというのは、幕府の米蔵から玄米で俸禄《ほうろく》をもらうのだが、全部を米でもらっても日々の生活ができないので、食べるぶんだけを玄米で受け取り、その残りを札差《ふださし》に金に換えてもらうことになっていた。だいたい俸禄の三分の一を米で、三分の二を金でもらうのが通例だ。その金は年間およそ八両、大工の年収（約三十両）の四分の一である。

これではとても生活ができないので、たいていは内職をしたり、組屋敷の一部を賃貸しして家計の足しにしていた。一方、商家や大名・旗本などから付け届けがある廻り方同心たちは、一般の組同心とはくらべものにならぬほど羽振《はぶ》りのいい暮らしをしていた。

直次郎も例外ではなかった。定町廻りをつとめていたころは、常に五両や十両の金子《きんす》を持ち歩き、若手同心や岡っ引《おかぴき》を引き連れて派手に飲み歩いたりしたものだが……。

——それも今は、夢のまた夢。

「両御組姓名掛」に配転されてからは、商家からの付け届けもぱったり途絶えて、酒代どころか昼飯代にも事欠くありさまである。

「やれやれ」

吐息をつきながら、直次郎は湯飲みに残った茶を一気に飲みほして、

「出るのは愚痴《ぐち》とため息ばかりですな」

苦笑した。

「ま、こうして愚痴をこぼすのが、わたしらのせめてもの気散《きさん》じですから」

「馳走《ちそう》になりました。このへんでそろそろ……」

と一揖《いちゆう》して、直次郎は腰をあげた。


——ゴーン、ゴーン……。

日本橋石町《こくちょう》の時の鐘が七ツ（午後四時）を告げはじめると、それを待ちかねていたように、直次郎は机の上の書類を手早く片づけて、奉行所を出た。

表はまだ明るい。直次郎は数寄屋河岸から濠端沿いの道を北に向かって歩いていた。鍛冶橋《かじばし》御門、呉服橋《ごふくばし》御門を経由して、一石橋《いっこく》の手前を右に折れ、日本橋に出る。

日本橋の南に萬町《よろず》という町屋がある。この町には青物屋、乾物屋、塩物屋など、食料品を商う店が多い。通り一丁目から東に入った路地に、『井筒屋《いづつ》』の袋看板をかかげた小さな生薬屋《きぐすり》があった。直次郎は、暖簾《のれん》を分けてその店に足をふみ入れた。

「これは、これは仙波さま、お久しぶりでございます」

帳場格子《ちょうばごうし》の中から、五十年配の男が出てきて、愛想よく直次郎を迎えいれた。『井筒屋』のあるじ徳兵衛《とくべえ》である。かつてはこの店も直次郎の廻り先の一つだった。

「奥さまのお加減はいかがでございますか?」

座布団をすすめながら、徳兵衛が訊いた。

「あいかわらずだ。その日の調子によって、具合がいいときもあれば、悪いときもある」

「それは心配でございますね」

「『浄心散《じょうしんさん》』をもらいてえんだが」

「かしこまりました。少々お待ちください」

と徳兵衛は奥に去った。

「浄心散」というのは、『井筒屋』家伝の生薬のことである。

直次郎の妻・菊乃《きくの》は、六年前に心ノ臓の発作《ほっさ》で倒れ、生死の境をさまよったことがある。さいわい一命はとりとめたものの、それ以来、寝たり起きたりの日々を送っていた。

病名は「心ノ癪《しゃく》」、いまでいう心筋梗塞《しんきんこうそく》である。この病に効能があるとされていたのが「浄心散」だった。十包で一分（四分の一両）もする高価な薬だが、それを服用すると「心ノ癪」はたちどころにやわらいだ。まさに菊乃はその薬で命をつないでいるのである。

「お待たせいたしました」

徳兵衛が薬の包みを持って出てきた。

「一応、十日分調剤しておきましたので」

「井筒屋、こんなことをいうのは心苦しいんだが」

「はい？」

「薬代は付けにしてもらえねえかい」

「結構でございますとも」

「すまねえな。恩に着るぜ」

「とんでもございません。手前どものほうこそ、仙波さまが御在職中には一方《ひとかた》ならぬお世話になりまして……、あ、些少《さしょう》でございますが、これは奥さまへのお見舞いに」

金箱から小判を一枚取り出すと、すばやく直次郎の袖《そで》の中にすべり込ませた。

「こんなことをしてもらっちゃ」

「失礼とは存じますが、ほんの気持ちでございます。どうかご笑納《しょうのう》くださいまし」

「そうかい。じゃ遠慮なくちょうだいしておくぜ」

軽く頭を下げて、直次郎は外に出た。

――義理堅い男だ。まだあのときのことを憶えてやがる。

たもとの中に手を入れて、久しぶりに小判の感触を味わいながら、直次郎はぼんやりあのときのことを思い出していた。

昨年の春だった。『井筒屋』の風呂の焚《た》き口から残り火がこぼれ落ちて、風呂場の羽目板《はめいた》に燃え移って小火《ぼや》が起きたのである。

さいわい発見が早かったので、火はすぐに消し止められたが、近所のかみさんがあわてて自身番屋に届け出たために、番太郎や火消し人足が飛んできて大騒ぎになった。

もしこのことが町奉行所に知れたら、出火元のあるじは奉行所に呼び出されて厳しい詮議を受けなければならない。過料ぐらいですめばよいが、吟味与力の匙《さじ》かげんによっては、小伝馬《こでんま》町の牢にぶち込まれることにもなりかねなかった。

窮地に立たされた徳兵衛の前に、ふらりと姿を現したのが直次郎だった。

「調べはおれがやる」

と番太郎や火消し人足を追い返して、小火騒ぎの事実をにぎりつぶしてやったのである。

そのときの恩を、一年たったいまも、徳兵衛は忘れていなかった。

3

「あら、旦那、ずいぶんとお見かぎりでしたこと」

あでやかな藤色の小袖を着た女がしんなりと入ってきて、手酌で飲んでいる直次郎のかたわらにしどけなく腰をおろした。色が白く、目鼻立ちのととのった美形である。

場所は柳橋《やなぎばし》の船宿『卯月《うげつ》』の二階座敷。定町廻りをつとめていたころ、三日にあげず通いつめた馴染《なじ》みの店である。女は芸者のお艶《えん》、柳橋でも一、二といわれる美人芸者だ。

「どこかほかにいい店でもできたんですか」

たおやかな手つきで酌をしながら、お艶が上目づかいに直次郎を見た。切れ長な大きな目、長い睫毛《まつげ》、ぬれぬれと光った紅《あか》い唇、ふるいつきたくなるような婀《あ》娜《だ》っぽさだ。

「ほかの店に行く銭がありゃ、ここに来てるさ」

「嘘ばっかり」

「嘘？」

「羽振りのいい旦那が何をいってるんですか」

お艶は直次郎がお役替えになったことをまだ知らないのだ。

「去年の暮れ、お役替えになってな」

「あら、本当ですか？」

「いまは冷や飯を食わされている」

「そう――」

「先立つものがなけりゃ酒も飲めねえし、女も抱けねえ。世の中なんてそんなもんよ」

「気に入りませんね。そのいい草」

お艶がつんと顔をそむけた。

「何が気に入らねえんだ？」

「あたしはお金で抱かれる女じゃありません」

「おめえのことをいってるんじゃねえさ」

ほろ苦く笑って首をふった。

芸者にもいろんな女がいる。売り物買い物の女もいれば、意地と張りで生きている女もいる。お艶は後者だった。情の女である。直次郎に妻がいることを知りながら、お艶は直次郎にぞっこん惚《ほ》れていた。

「ねえ、旦那」

お艶が甘えるように鼻を鳴らして、直次郎の肩にしなだれかかった。

「あたしにも一杯くださいな」

「ああ」

猪口《ちょこ》に酒をついで差し出すと、お艶はそれをキュッと飲みほして、恨《うら》みがましくいった。

「旦那も水臭いんだから」

「水臭え？」

「お金がないならないで、一言そういってくれればいいじゃないですか。ここの席料ぐらいはあたしが払ってあげますよ」

「そうはいかねえ。おれにも男の意地ってもんがあるからな」

「何が意地ですか。痩《や》せ我慢してるくせに」

「ふっふふ、痩せ我慢か。当たらずといえども遠からずってところだな」

「旦那のことは何もかもお見通しなんですからね」

「正直なところ」

直次郎が照れるように頭をかきながらいった。

「おめえに逢いたくてうずうずしてたんだ」

「本当？」

「ああ、久しぶりに山吹《やまぶき》色が手に入ったんで、すっ飛んで来たのよ」

といって、ふところから例の小判を取り出すと、

「うれしい！」

お艶が子供のように直次郎の首にすがりついた。体当たりの勢いである。二人は折り重なるように畳の上に倒れ込んだ。

「お艶」

体を重ねたまま、直次郎はお艶の口を吸った。甘い香りが口の中にひろがる。ひどく懐かしいような香りであり、感触だった。お艶のやわらかい舌が、まるで

別の生き物のように直次郎の舌にからみつく。

口を吸いながら、するりと帯を解いた。襟元《えりもと》を押しひろげて手を入れる。手のひらにゆたかな乳房の感触があった。舂《つ》きたての餅《もち》のようにやわらかく、ほどよい弾力のある乳房である。直次郎はやさしくそれを揉みしだいた。

「あっ」

お艶が小さな声を発した。直次郎が乳首を口にふくんだのである。舌先でころころと転がすように愛撫する。たちまち乳首が立ってきた。

「旦那」

絶え入りそうな声をあげて、お艶が身をよじる。

直次郎の手が帯を引きぬいた。着物がすべり落ちる。扱《しご》きをほどき、長襦袢《ながじゅばん》の下前をはぐる。白いつややかな股《もも》があらわになった。直次郎は体をずらして太股に舌をはわせ、右手を長襦袢の下に差しこんで、腰の物をはぎ取った。下半身がむき出しになる。むっと女が匂った。股間に黒々と秘毛が茂っている。

お艶は身をくねらせながら、片手でそこを隠した。その手をそっとどけて、秘毛の奥のはざまを指先でなであげる。薄桃色の肉ひだが露をふくんでぬめぬめと光っている。指をいれた。ぴくん、と敏感に反応する。

「あ、だめ」

お艶が狂悶する。着物も長襦袢も乱れ落ちて、ほとんど全裸である。直次郎は体を離して片膝立ちになると、手早く羽織と着物を脱ぎ捨てた。鍛えあげられた筋骨隆々《きんこつりゅうりゅう》たる赤銅《しゃくどう》色の裸体である。下帯をはずす。黒光りする一物が天をつかんばかりに怒張《どちょう》している。

「だ、旦那、は、はやく」

おのれの手で乳房を愛撫しながら、お艶がうわ言のように口走る。その両膝を立たせて、直次郎は一物の尖端をはざまに押しあて、じらすように下からゆっくりなであげた。

「もう、意地悪」

お艶がにらむ。

「あわてることはねえさ。ゆっくり楽しもうぜ」

と、いいつつ、お艶の両足首をつかんで高々と持ちあげた。おさな子に襁褓《むつき》をあてるような、あられもない恰好《かっこう》である。直次郎は持ちあげた両脚を肩にかけると、両手でお艶の腰をかかえこみ、怒張した一物をずぶりと差しこんだ。

「あーッ」

悲鳴のような声を発して、お艶がのけぞった。一物が奥の壁を突いたのである。電撃のような快感がお艶の体の芯《しん》をつらぬいた。

直次郎が激しく腰を律動させる。その動きにあわせて、お艶の肉ひだが収縮と弛緩《しかん》をくりかえす。そのたびに峻烈《しゅんれつ》な快感が波のように寄せては返し、返してはまた打ち寄せてくる。

直次郎は、お艶の両脚を肩からおろすと、おおいかぶさるように体を重ね、片手で乳房をわしづかみにして、乳首を吸った。

「あッ、いい……。嚙《か》んで……」

お艶が白目をむいて口走る。直次郎は乳首をかるく嚙んだ。

「ひいッ」

と、喉を鳴らしてお艶がのけぞる。直次郎の腰の動きはとまらない。お艶も激しく尻をふる。二人は同時に昇りつめていった。快楽の大波が打ち寄せてくる。

限界だった。

「い、いかん！」

叫ぶなり、直次郎があわてて一物を引きぬいた。ほとんど同時に欲情が炸裂《さくれつ》した。お艶の白い腹の上に淫液が飛び散った。まるで糸の切れた傀儡《くぐつ》のように、直次郎は緩慢《かんまん》な動きで、お艶のかたわらに仰臥《ぎょうが》した。精を放った一物がひくひくと脈打ちながら萎《な》えてゆく。

お艶がむっくり上体を起こして、しなやかな指でそれをつまみ、愛《いと》しげに口にふくんだ。

「お艶……」

「ふふふ、今夜は帰しませんからね」

ぞくっとするほど色っぽい目つきで、お艶が微笑《わら》った。萎えかけた一物がお艶の口の中でふたたび回復しはじめていた。

夜風が上気した顔を心地よくなでてゆく。

久しぶりの濃厚な情交だった。体の奥底にしびれるような快楽の余韻が残っている。

一日逢わねば千日の
　思いもつもる春の夜の
　静かに更けて冴《さ》えかえる
　寒さをかこう袖屏風《そでびょうぶ》

歌沢節《うたざわぶし》などを口ずさみながら、直次郎は神田《かんだ》川の土手道を歩いていた。時刻はとうに四ツ（午後十時）をまわっている。星明かりを映して、川原の草むらが蒼々《あおあお》と耀《かがや》いている。

　入谷《いりや》の寮のむつ言も
　淡き灯影《ほかげ》に波うたす
　すき間をもるる……

　そこで、ふつりと鼻唄が途切れた。

　前方の闇に、もつれ合う二つの影があった。一つは小肥《こぶと》りの短軀《たんく》、もう一つは小柄でほっそりした影である。抱き合っているようにも見えるし、揉み合っているようにも見えた。一瞬、男と女が乳くり合っているのかと思ったが、それにしては小肥りの影の動きがおかしい。両手を突きあげて虚空をかきむしるようにもがいている。

　異変を看取して、直次郎はとっさに柳の木陰に身をひそめて様子をうかがった。

　と、ふいに小肥りの影がぐらりとゆらぎ、崩れるように地に倒れ伏した。と同時に小柄な影がくるっと身をひるがえし、脱兎《だっと》の勢いで、こっちに向かって走ってくる。

ほどなく直次郎の視界の中に、その影の正体がくっきりと浮かびあがった。黒の頬《ほお》かぶりに黒の半纏《はんてん》、黒の股引《ももひ》きという、まるで盗《ぬす》っ人装束《としょうぞく》のような異装である。

次の瞬間――、

(あっ)

と直次郎は息を呑んだ。影が頬かぶりをはずしたのである。黒布の下から現れたその顔は、なんと女だった。色の白い若い女である。走りながら、その女はひらっと半纏の裏を返した。黒の半纏が一瞬裡《いっしゅんり》に、夜目にもあざやかな韓紅《からくれない》に変わっていた。

女が柳の木の前を走りぬけようとしたとき、

「待ちな」

低く声をかけて、直次郎が女の前に立ちはだかった。度肝《どぎも》をぬかれて女が立ちすくんだ。眉目のきりっとした二十一、二の女である。

「見ちまったぜ」

「………」

女は無言。氷のように冷たい目で直次郎を射すくめながら、じりっと後ずさった。

「おめえが『闇の殺し人』か」

「何のことか、あたしにはさっぱり分からないね」

臆《おく》するふうもなく、女が応えた。

「とぼけるんじゃねえ。さっきの連れは地べたに倒れたまま、ぴくりとも動かねえぜ」

顎《あご》をしゃくって前方の闇に目を向けた。倒れ伏した小肥りが、小岩のように固まって土手道をふさいでいる。

「まさか、あんなところに寝込んじまったわけじゃ」

と、いいかけたとき、突然、直次郎の視界から女の姿が消えた……、と見えた瞬間、女の体は宙に飛んでいた。その高さが並みではなかった。六尺（約百八十センチ）ちかい直次郎の身の丈をはるかに超えている。信じられぬ跳躍力《ちようやくりよく》であり、身軽さだった。

韓紅の半纏を翼のようにひろげて、女が一直線に舞い降りてきた。まるで獲物を目がけて急降下してくる猛禽《もうきん》だった。その手にきらりと光るものがあった。尖端がするどく尖《とが》った銀の平打《ひらう》ちのかんざしである。

刹那《せつな》、直次郎は横っ跳びにかわして、抜きつけの一閃《いっせん》を放った。

きーん。

するどい金属音が闇に響《どよ》めき、銀のかんざしが宙にはじけ飛んだ。女が着地したときには、もう直次郎は背後にまわり込んでいて、女の首すじにぴたりと刃先をつけていた。

4

「女だてらに結構やるじゃねえか」

直次郎が女の耳元でささやくようにいった。女はぎゅっと唇を噛んだまま貝のように押し黙っている。性根の据《す》わったしたたかな面《つら》がまえだ。

「『闇の殺し人』は、おめえ一人じゃあるめえ。仲間は何人いる？」

「…………」

「死んでもいえねえか」

「だからいっただろ。あたしは何も知らないって」

「しぶとい女《あま》だな。おれを誰だと思ってる？」

「八丁堀だろ。装《な》りを見りゃ馬鹿でもわかるさ。四の五のいわずに煮るなり焼くなり、好きなようにおしよ！」

火を吐くような啖呵《たんか》である。直次郎は思わず苦笑した。

「一つ、聞かせてくれ」

「………」

「さっきの小肥りの男は何者なんだ？」

「浅草聖天下《あさくさしょうでんした》の松永玄庵《まつながげんあん》。たちの悪い堕胎医者《おろし》さ」

「どんな悪事を働いたんだ？」

「子堕《こお》ろしにきた女たちを食い物にしたんだよ」

「ほう」

「女の弱みにつけ込んで金をゆすったり、体をもてあそんだり。身も心もぼろぼろにされて、気が狂っちまった女もいれば、身投げした女もいる。あいつは人間じゃない。人の皮をかぶった鬼畜生《おにちくしょう》なんだよ。それをほったらかしにしているのは、おまえさんたち八丁堀じゃないか」

「だから、おめえたちが八丁堀に代わって鬼退治をしてるってわけか」

「言いたいことは、もう十分いわせてもらったからね。さあ、ひと思いに殺しておくれよ。……それとも」

ふっと乾いた笑みを浮かべて、女が揶揄《やゆ》するようにいった。

「あたしを食べてみるかい？」

「あいにくだが、今夜は腹いっぱいだ。次に逢うときまでとっとくぜ」

「次……？」

女がふり向いて、けげんそうに直次郎の顔を見た。直次郎は、地面に落ちている銀のかんざしを拾いあげて女に手わたすと、

「縁があったらな」

にやりと笑って刀を鞘《さや》におさめ、背を返してゆっくり歩き出した。

「お待ちよ」

女が呼びとめた。

「八丁堀はみんな腐ってるのかと思ってたけど」

「――」

「話のわかる旦那もいるんだね。名前を聞いておこうか」

「仙波……、直次郎だ」

背をむけたまま応え、直次郎はふり向きもせずに大股に立ち去った。そのうしろ姿が蒼《あお》い闇の奥に溶けて消えていくのを、女は立ちすくんだままじっと見送っていた。


時のうつろいは速い。

亀島橋のたもとに咲いていた桜が、すっかり散り落ちて、葉桜になっていた。

いつものように『亀の湯』で朝湯をあびたあと、直次郎は桜川の川沿いの道を西に向かって歩いていた。天気晴朗《せいろう》。風もなく、おだやかな日和《ひより》である。

あと三日で月が代わり、四月になる。旧暦の四月は現代の五月、初夏である。卯月《うづき》、孟夏《もうか》ともいう。朔日《ついたち》は更衣《ころもがえ》で着物は綿入れから袷《あわせ》に替わるのだが、それにしてはまだ肌寒い。

中之橋の北詰めにさしかかったとき、

「おはようございます」

背後から声がかかった。足をとめてふり向くと、高木伸之介が小走りに駆けよってきた。

「おう、伸之介か」

「先日はどうも」

「大変だな、おめえも」

「何がですか」

「片桐の下じゃ仕事がやりにくいだろう」

「ええ、まあ」

と、伸之介は曖昧《あいまい》に笑った。かつて直次郎は伸之介の亡父・高木清兵衛《せいべえ》の下で働いていたことがあった。曲がったことの大嫌いな硬骨漢《こうこつかん》で、破落戸《ごろつき》どもから鬼のように恐れられた存在だったが、その反面、人情家で義俠心《ぎきょうしん》があつく、町の者からは「仏の清兵衛」とよばれて慕《した》われていた。組屋敷が近いこともあって、直次郎は清兵衛の家によく出入りしていた。だから伸之介のことは幼いころから知っている。いわば弟のような存在だった。

「で、仏さんの身元は分かったのか」

「はい。神田花房町《かんだはなぶさ》の指物師《さしものし》の娘で、名はお恵《けい》、歳は十八です」

「男付き合いは洗ってみたのか」

「目下、調べているところなんですが、じつは昨日、日本橋の伊勢町《いせ》で、また似たような事件が起きましてね」

「ほう」

「通旅籠町《とおりはたご》の荒物屋の娘が首を絞められて殺されたんです。その娘の女陰《ほと》にもやはり情交の跡がありました」

「下手人は同じ野郎だな」

断定だった。直次郎はおのれの勘働きに絶大な自信をもっている。過去にも、その勘働きで数えきれぬほどの事件を解決してきた。

「なあ、仲之介」

「はい」

「早《は》えとこ下手人を挙げねえと、また第三、第四の犠牲者が出るかもしれねえぜ」

「そのつもりで毎日聞き込みに歩いているのですが」

仲之介が困惑げにいう。

「何しろ廻り方の手が足りないもので、思うように探索がはかどりません」

「ほかの連中は何してるんだ?」

「商人《あきんど》の取り締まりに飛びまわっています」

「人の命は二の次ってわけか」

「仙波さんのような骨っぽい人がいなくなりましたからねえ。いまの廻り方には」

仲之介がしみじみといった。

「せめて、おめえだけでも頑張ることだな」

「はい」

と力強くうなずくと、

「じゃ、私は聞き込みに行きますので」

一礼して、仲之介は走り去った。その後ろ姿を見送りながら、

「容易じゃねえぞ、この事件《やま》は」

ぼそりとひとりごちた。

若い娘を犯して殺す。破落戸《ごろつき》や与太者《よたもの》が劣情に駆られてやったことではない。明らかに変質者の仕業である。確かな証拠はないが、直次郎は本能的な勘でそう断定した。過去の経験からみて、こういう手合いが一番やっかいなのである。探索が長引けば、かならず第三、第四の事件が起きる……、とわかっていても、いまの直次郎には、どうすることもできなかった。

その二日後に、直次郎の危惧《きぐ》は現実となった。浜町堀《はまちようぼり》で、また若い娘の絞殺死体が発見されたのである。被害者は日本橋難波町《なにわ》の小間物屋の十八歳の娘で、名はお加代《かよ》。過去の二件の殺しと同様に、この娘の秘孔にも情交の跡があったという。

「仙波さんのいうとおり、同じ下手人の仕業にちがいありません」

歩きながら米山兵右衛がいった。

奉行所からの帰路である。

直次郎と兵右衛は肩をならべて比丘尼《びくに》橋を渡っていた。いや、実際には二人の肩は並んでいない。兵右衛は身の丈五尺一寸（約百五十四センチ）ほどの小柄な老人である。その上、猫のように背を丸めているので、直次郎の肩よりはるか下のほうに兵右衛の白髪《しらが》頭があった。

「殺された娘たちの男付き合いを片っぱしから洗っていけば、下手人の目星ぐらいはつくはずなんですが」

直次郎がいった。その声に、怠慢な廻り方への怒りと苛立《いらだ》ちがこもっている。

「連中は分かっているんですよ。分かっていながら面倒だからやらない。殺しの下手人探しより、禁令違反の商人を挙げたほうが手柄になりますからね」

「話になりませんな」

直次郎は力なく笑った。もはや怒る気力も失《う》せていた。ただあきれ果てて笑うしかない。

陽が西の端にかたむいている。京橋の北詰めにさしかかっていた。仕事帰りの職人や人足、行商人たちがひっきりなしに行き交っている。京橋川の河岸通りには飲み食いを商う葦簾《よしず》がけの小店や屋台が立ち並び、あちこちから煮炊きの煙が立ちのぼっている。

「仙波さん」

兵右衛が顔をあげた。

「たまには、そのへんで一杯やりませんか」

「せっかくですが、ちょっと買い物がありますので」

「そうですか。じゃ、また別の機会《おり》に」

ぺこんと頭を下げて、兵右衛は足早に人混みの中に消えていった。

直次郎は京橋の北詰めを左に折れて、大通りに出た。先日、『井筒屋』の徳兵衛からもらった金の残りが一分二朱ほどあった。その金で妻の菊乃に、何か精のつくものでも食べさせてやろうと思ったのである。

常磐町《ときわ》の路地を右へ入った。この路地の奥に京橋界隈では名の通った鰻《うなぎ》の専門店があった。『鰻政《まんせい》』という。創業六十年の老舗《しにせ》である。

路地の奥から蒲焼《かばやき》の香ばしい匂いがただよってきた。『鰻政』の格子窓の奥で、ねじり鉢巻きの亭主が、渋団扇《しぶうちわ》で炭火をあおりながら、額《ひたい》に汗してせっせと鰻を焼いている。

大串の蒲焼を四本買って家路についた。

直次郎の組屋敷は八丁堀のほぼ中央部、地蔵《じぞう》橋のちかくにあった。堀に面した敷地百坪ほどの屋敷で、周囲は板塀でかこってある。与力の屋敷の門構えは冠木《かぶき》門《もん》だが、同心の組屋敷は木戸片開きの小門である。その門を押して中に入った。門の内側から玄関までは石畳が敷いてある。

玄関に一歩入った瞬間、直次郎はふと足元に視線を落とした。踏み込みに見慣れぬ下駄がある。紅い鼻緒の女物の駒下駄《こまげた》である。近所の女房でも遊びにきたのかと思いつつ、式台にあがった。奥から女同士の話し声が聞こえてくる。

居間の襖《ふすま》をそっと開けて、中をのぞき込んだ。西陽が差しこむ濡れ縁に、二人の女が影を落として座っていた。一人は妻の菊乃、もう一人は見知らぬ女である。逆光で顔は定かに見えないが、その女は菊乃の背後に両膝をついて髪を梳《す》いている。女髪結《かみゆ》いだった。

この時代、江戸には二通りの髪結い人がいた。定所に店（床）を構えている、いわゆる「髪結い床《どこ》」と、店を持たずに市中をめぐり歩く「場所まわり」、あるいは「廻り髪結い」とよばれる髪結い人である。

ちなみに、江戸に女髪結いがあらわれたのは寛政《かんせい》年間（一七八九～一八〇一）である。それ以前は一般の女はもとより、色町の女たちも自梳《じす》き、あるいは下女などに結髪させていた。文政《ぶんせい》ごろにその数が増え、天保期は非常に盛んになった。

「あら、お帰りでしたか」

気配に気づいて、菊乃がふり返った。やや面《おも》やつれしているが、髪を結いなおしたせいか、いつもより元気そうな顔をしている。

「すぐ夕飯の支度をしますから」

「いや、別に急ぐことはねえさ。終わるまで向こうの部屋で茶でも飲んでる」

といって踵《きびす》を返すと、

「もう、終わりましたよ、旦那さん」

女髪結いの声が飛んできた。その声を聞いたとたん、直次郎は脳天をぶちのめされたような衝撃を受けて、愕然と立ちすくんだ。

5

直次郎は恐る恐る振りむいた。女髪結いが梳き具や鬢盥《びんだらい》などを、手早く片づけて台箱《だいばこ》につめ込み、菊乃から代金を受け取ると、

「ありがとうございます、またお声をかけて下さいまし」

と立ち上がって、廊下に立ちすくむ直次郎のかたわらを、すり抜けるように出ていった。

（あの女……！）

直次郎の総身《そうみ》の毛が逆立った。女髪結いは、先夜、神田川の土手道で堕胎医者・松永玄庵を殺害した「女殺し人」だった。

「どうなさったんですか？」

菊乃が結い上げた髪をなでつけながら、けげんそうに訊いた。

「い、いや、大事な仕事を思い出した。これ、京橋の『鰻政』の蒲焼だ……」

と包みを差し出し、

「少し遅くなるかもしれんが、おれに構わず先に食っててくれ」

「あ、でも——」

「大事な仕事なんだ。すまん」

ぺこりと頭を下げて翻身《ほんしん》した。

木戸門を引きあけて、外に飛び出した。すばやく左右に目をやる。

女髪結いの姿は消えていた。目の前には堀がある。その堀に沿って右へ行けば地蔵橋、左に行けば越前堀に突きあたる。一瞬の逡巡のあと、

(ままよ、わんざくれ!)

とばかり、直次郎は右に走った。「わんざくれ」とは、どうにでもなれという意味の江戸弁である。右へ行って見つからなければ、すぐ引き返して越前堀のほうを捜そうと思った。

半丁ほど走ったところで、突然、

「仙波の旦那」

背中に女の声がかかった。

「!」

直次郎は、たたらを踏んで立ちどまり、ゆっくり振り向いた。路地角に、台箱

を背負ったさっきの女髪結いが、小馬鹿にしたような笑みを浮かべて立っていた。

「いってえ、どういう了簡《りようけん》なんだ？」

直次郎が凄《すご》い目で女に迫った。

「別に……」

はぐらかすようにいって女が歩き出した。直次郎もあとに従《つ》く。

「ごらんのとおり、あたしの本職は廻り髪結いですからね。いつものように、このあたりを流していたら、奥さんに呼びとめられて髪梳きをたのまれた。それだけのことですよ」

「いつものようにだと？」

直次郎が目をつり上げた。

「ふざけたことをいうんじゃねえ。おれはこの八丁堀に三十一年も住んでるんだぜ」

「だから？」

「おめえの顔なんか一度も見たことはねえといってるんだ」

「どうでもいいけど、旦那、声が高すぎますよ」

たしなめるようにいって、女は歩度をはやめた。かまわず直次郎が声高に詰問《きつもん》する。

「正直にいえ。何を探りにきやがった？」

「わからないお人だねえ。旦那も」

「ん？」

「こんなところで大声でしゃべってたら、八丁堀の旦那衆に筒抜けじゃないか」

声を尖らせてそういうと、女はさらに足を速めた。

「おい、どこへ行くんだ？」

「…………」

女は応えない。無言のまま、直次郎でさえめったに通ったことのない入り組んだ路地を、慣れた足取りでずんずんと歩いていく。

広い道に出た。その道を左に折れて、さらに北に向かっていくと、町屋にぶつかった。南茅場《みなみかやば》町という。江戸には茅場町という名の町が三カ所ある。

この町の名の由来については、むかし神田橋外にあった茅場をここへ移したとか、このあたり一帯が海辺で茅が茂っていたとか、さまざまな説があるが、いずれも真偽は定かでない。

「ねえ、旦那」

ふいに女が足をとめて振り返った。

先夜、星明かりの中で見たときの勝気な顔とは打って変わって、薄化粧をほどこしたその顔は、虫も殺さぬような清楚《せいそ》な面立ちをしていた。

「あの晩、なぜあたしを見逃してくれたんですか」

「盗っ人だろうが人殺しだろうが、いまのおれには引っ捕まえる権限がねえ。それだけのことよ」

「旦那、腹が立ちませんか」

「何に、だ？」

「無理が通って道理が引っ込む世の中に」

「おれが腹を立てたって、どうにもなりゃしねえさ」

「なるんですよ。やりようによっては」

といって、媚《こ》びるような笑みを浮かべ、

「あたしたちの仲間に加わる気はありませんか」

「仲間？」

訊くまでもなく、『闇の殺し人』のことである。直次郎は探るように女の顔を見た。町奉行所の同心を殺しの仲間に引き入れようとは、あまりにも大胆不敵すぎる。女の独断ではないだろう。仲間は何人いるのか。一味を束《たば》ねているのは何者なのか。

「断ったらどうする？」

女がふっと微笑《わら》った。

「断りゃしませんよ、旦那は」

「なぜ、そう思う？」

「お役替えになって、旦那は冷や飯を食わされている。役所に不満がある。ふところはいつも素寒貧《すかんぴん》、病気の奥さんに薬も買ってやれない。これだけ条件がそろってりゃ嫌とはいわないでしょうよ」

「よく調べやがったな」

苦笑しながらも、直次郎は内心おだやかではなかった。わずか数日間に、女はそこまで調べあげていたのだ。言い換えれば、直次郎の弱点をすべてつかんでいるということでもある。背筋にぞっと冷たいものが奔《はし》った。

「釈迦《しゃか》に説法かもしれないけど」

女が言葉をつぐ。

「きれいごとだけじゃ世の中渡っていけませんからね」

「だからといって、殺しに手を染めるほど、おれは腐っちゃいねえぜ」

にべもなくいって背を返すのへ、

「だから頼んでるんですよ」

女の声が突き刺さった。直次郎はひたと足を止めて、ゆっくり振り返った。

「腐った人間にこんなことを頼んだら、それこそあたしたちの命取りになりますからね」

「おめえ、本気でおれを仲間に引き入れるつもりなのか」

「旦那は南町一の腕利《き》き同心だった。その腕をこのまま眠らせておくのはもったいない。旦那のためにも世の中のためにもね」

「おだてには乗らねえぜ」

「悪党を成敗するのに表も裏もないでしょ。いっそお金で割り切ったらどうです？」

「銭、か……」

「その気になりゃ、月に十両や十五両は楽に稼《かせ》げる。あたしもそれで転んだんですよ」

直次郎の目が泳いだ。一番の弱点を突かれたのである。一拍《いっぱく》の間をおいて、

「首領《かしら》は何者なんだ?」

「あたしたちは一匹狼ですからね。首領なんていませんよ」

「じゃ、金は誰が出すんだ?」

「元締め……。嫌なら別にいいんですよ」

そっけなくいって、女が歩き出した。直次郎もあわててあとを追う。

「いっぺんその元締めってのに引き合わせてもらおうか」

「断っておきますけど、一度渡ったら二度と後戻りはできませんからね。この橋は」

「念にはおよばねえさ」

直次郎は過去に一度も人を斬ったことはなかった。だが、獄門台に送った悪党の数はざっと数えて百人は下らない。考えてみれば、そうした悪党どもをおのれの手で殺すのも獄門台に送るのも同じことである。女がいうとおり少々危ない橋だが、このまま一生奉行所で冷や飯を食わされるぐらいなら、「裏の稼業」でもう一花咲かせるというのも悪くはないし、金にもなる。とにかく元締めに会ってみよう。やるかやらぬかはそれから決めることだ。

「じゃ」

といって、女が踵《きびす》を返した。

人ひとりがやっと通れるような細い路地を右に左に曲がりくねりながら歩いていくと、やがて路地は川に突きあたった。日本橋川である。前方に船着場が見えた。桟橋に一挺の猪牙舟《ちょき》がもやっている。先を行く女が、船着場の石段をおりて、猪牙舟の船頭に一言二言話しかけると、振り返って直次郎を手招きした。

「舟に乗るのか」

「すみませんけど、しばらく目隠しをしてて下さいな」

と、手拭いで目隠しをして、その上から菅笠《すげがさ》をかぶせる。直次郎は黙ってそれに従った。二人が猪牙舟に乗りこむと、頬かぶりの船頭がぐいと水棹《みさお》を差して、日本橋川の下流に向かってゆったりと舟を押し出した。

陽が西の空に沈みかけている。淡い夕闇が川岸の景色を薄墨《うすずみ》色に染めはじめていた。

舟は湊《みなと》橋をくぐり、豊海《とよみ》橋を経由して、大川の河口に出た。左手に見える巨大な橋影は永代《えいたい》橋である。風が立ちはじめたせいか、舟が大きくゆれ出した。そこで船頭は水棹を櫓《ろ》に代えて、ぎしぎしと櫓をこぎはじめた。白波を切って大川をさかのぼって行く。

ほどなく舟のゆれが小さくなった。深川佐賀町《ふかがわさが》の入堀《いりぼり》（運河）に入ったのだ。むろん、目隠しをされている直次郎には、どこをどう走っているのか、さっぱり見当もつかない。

すでに灯《ひ》ともしごろになっていた。堀の両岸にはちらほらと町灯《あか》りがゆらいでいる。

「着きましたよ」

女の声とともに、ゴツンと衝撃音がして舟が止まった。堀川町の船着場である。

「足元に気をつけて」

と直次郎の手をとって、女が舟を下りた。船着場の石段を上って行くと、すぐ堀割通りに出た。人々がせわしなく行き交っている。直次郎の手を取って、女は人混みを縫うように歩いて行く。二丁（二百十八メートル）ほど行って、路地を左に折れた。

表通りの喧騒が嘘のように森閑《しんかん》と静まりかえっている。しばらくして女が足を

とめた。黒文字垣《くろもじがき》をめぐらせた小粋な仕舞屋《しもたや》の前である。網代《あじろ》門をくぐって玄関に入ると、

「目隠しをはずしてもいいですよ」

女がいった。直次郎はおもむろに菅笠を取って、手拭いをはずした。目の前の障子が行燈《あんどん》の明かりを映して白く光っている。目隠しをされていたせいか、その明かりがやけにまぶしく感じられた。

「どうぞ」

と女がうながす。雪駄《せった》を脱いで上がった。障子を開けると、そこは四畳半ほどの部屋になっており、丸行燈がぽつんと置いてあった。正面は襖で仕切られている。女が襖の前に跪座《きざ》して、中に声をかけた。

「元締め、仙波の旦那をお連れしました」

「おう、ご苦労」

嗄《しわが》れた声が返ってきた。その声を受けて、女がしずかに襖を引きあけた。

文机《ふづくえ》に向かっていた初老の男が筆をおいて、ゆっくり振り向いた。歳のころは五十前後、鳶茶《とびちゃ》の十徳《じっとく》をはおり、髪は総髪《そうはつ》、町儒者《まちじゅしゃ》のような風体《ふうてい》の男である。ゆったりと立ち上がって、部屋を出ると、直次郎の前に膝をそろえて正座し、

「仙波直次郎どの、と申されたな？」

念を押すように訊いた。目が細く、頤《おとがい》の張った四角い顔をしているが、険《けん》のない温和な表情をしている。とてもこの男が「闇の殺し人」の元締めだとは思えない。直次郎はいささか拍子ぬけの態《てい》でうなずいた。

「手前は寺沢弥五左衛門《てらさわやござえもん》と申します。ゆえあっていまは素性を明かすわけにはまいりませんが、よろしくお見知りおきのほどを」

そういって、男はおだやかに微笑《わら》った。

「申し遅れました。わたしの名は小夜《さよ》と申します」

女が向きなおって、直次郎の前に両手をついた。

「話は、小夜から聞きました。松永玄庵殺しを見逃してくださったそうですな」

弥五左衛門がいった。

「別に見逃したわけじゃありませんよ。いまのわたしは内勤の平役人。十手も持てない身分なんで」

「ま、いずれにしても、あなたのようなお人だから助かったようなものです。運がよかったとしかいいようがありませんな」

「本当に」

小夜が改めて頭を下げた。

「旦那には何とお礼をいっていいやら」

「礼にはおよばねえさ。それより」

と、いいかけるのへ、

「その前に、お近づきのしるしに一盞《いっさん》いかがですかな」

弥五左衛門がパンパンと手を打った。それを待っていたかのように、廊下の障子が開いて、若い男が酒肴《しゅこう》の膳部をはこんできた。直次郎は知らなかったが、猪牙舟の船頭をしていたのは、この若者である。

「手前の下働きをしている半次郎《はんじろう》と申すものです」

「よろしく」

半次郎が一礼した。彫りの深い、精悍《せいかん》な面立ちをした若者である。小夜が直次郎と弥五左衛門の前に酒肴の膳部をしつらえ、

「どうぞ」

と酌をする。

「では」

酒を満たした猪口《ちょこ》をカチンと合わせて一口飲みほすと、弥五左衛門が卒然とい

った。

「鬼手仏心《きしゅぶっしん》、という言葉をご存じですかな」

「いや」

「これは外科医にたとえた言葉なのですが」

猪口の酒をなめるように飲みながら、弥五左衛門が淡々と語った。ちなみに「外科」という言葉は、すでに室町《むろまち》時代から使われていたという。『日本医学史綱要』にも、

「外科の治は刀剪《とうせん》、針烙《やきばり》を主とするが故に、その事を賤悪汚穢《せんあくおわい》なりとして、医家すらこれを賤《いや》しむの風ありき」

とある。この時代、本道（内科）の医者に対して外科医は一段低く見られていた。

「外科医というのは鬼のように残酷に患者の体を切りきざむが、その心はただひたすら患者の命を救いたいという仏の慈悲心にもとづいている。……というのが『鬼手仏心』という言葉の意味なのです」

「はあ――」

弥五左衛門が何をいわんとしているのか、直次郎にも薄々わかっていた。平た

くいえば、いまの病んだ世の中を治すためには荒療治（外科手術）が必要だということであろう。

「おわかりですかな？」

「人を殺すのも、仏心ですか」

直次郎が皮肉な口調で反問した。

「一殺多生《いっせつたしょう》という言葉もあります。すなわち一人の悪人を殺すことによって、多くの善良な人間の命を救う、という意味です」

「なるほど」

「手前どもの決め事をご説明しておきましょう。仕事料は原則として一人につき三両の出来高《できだか》払い。手前のつなぎ役として、半次郎が仕事の依頼にうかがいます。請《う》けるか否《いな》かは、あなたの判断次第。気が乗らなければ、お断りいただいても結構。ただし、仕事に関することはいっさい厳秘に付してもらいます。万一、掟《おきて》に背《そむ》いた場合、もしくは仕事にしくじった場合は」

そこで弥五左衛門は一拍の間をおいた。おだやかな表情が一変して、険しい顔つきになっている。猪口の酒をごくりと喉に流しこんで語をついだ。

「死んでもらいます」

「………」

「よろしいですね」

「もとより」

不敵な笑みを浮かべて、直次郎は猪口の酒を一気に飲みほした。

「ここに来たのは、それなりの覚悟があってのこと。やらせてもらいましょう」

第二章　翡翠《ひすい》の根付《ねつけ》

1

来たときと同じように、直次郎は目隠しの上から菅笠《すげがさ》をかぶせられ、小夜に手をとられて堀川町の船着場にむかい、そこで猪牙舟にのせられた。小夜は乗らなかった。船頭役の半次郎と二人だけである。

深川から南茅場町の船着場までの、およそ半刻（一時間）、半次郎は一言も言葉を発さずに櫓《ろ》をこぎつづけていた。舟が桟橋についたとき、

「着きましたよ」

と、ぼそりと言っただけである。その顔にはまったくといっていいほど表情が

なかった。精悍《せいかん》な面立《おもだ》ちをしているが、どことなく暗い翳《かげ》りをただよわせた若者である。

直次郎は、舟を下りて石段をのぼり、すっかり暗くなった南茅場町の路地を歩きながら、

（それにしても、あの男は何者だろう）

と思った。寺沢弥五左衛門と名乗った初老の男のことである。一見したところ、町儒者のような風体《ふうてい》だったが、あの鋭《するど》い目つきや凜然《りんぜん》とした物腰は、まぎれもなく武士のそれだった。何かの事情で主家をうしない、浪々の身となった侍か、それともみずから主家を致仕《ちし》して韜晦《とうかい》した身か。

最大の謎は、弥五左衛門の資金源だった。「闇の殺し人」は小夜だけではなく、ほかにも何人かいるはずだ。その一人ひとりに〝殺し料〟をはらうとなると、かなりの額になる。その金の出所はいったいどこなのか。考えれば考えるほど、謎は深まるばかりである。

翌日の夕刻――。

帰宅の途についた直次郎の前に、菅の一文字笠《いちもんじがさ》をかぶった半次郎が忽然《こつぜん》と姿を

現した。

「元締めから言伝《ことづ》てを持ってまいりやした」

低くいって、半次郎はさりげなく直次郎のかたわらに歩みより、並んで歩き出した。

「仕事か」

「はい。神田佐久間《さくま》町の油問屋『近江屋《おうみや》』の五代目です」

「そいつは、どんな悪事を働いたんだ？」

「お店《たな》乗っ取りです」

半次郎はあいかわらず低く、抑揚《よくよう》のない声で応えた。

『近江屋』は江戸でも五本の指に入る老舗《しにせ》の油問屋である。四代目の当主・茂兵衛《もへえ》は、早くに女房と死に別れ、ひとり娘のお園《その》と二人で暮らしていた。去年の秋、お園と手代の佐太郎《さたろう》がわりない仲になっていることを知った茂兵衛は、やむなく二人を添いとげさせることにした。当時、お園には別の縁組話があったのだが、佐太郎にぞっこん惚《ほ》れこんだお園が、どうしても一緒になりたいといい張るので、茂兵衛もむげには拒否できなかったのである。

とはいえ、老舗のひとり娘が奉公人と一緒になるのは、決して世間体のいいものではない。

――親不孝な娘だ……。

と思いつつも、茂兵衛はお園のために盛大な祝言《しゅうげん》を挙げさせてやった。まるで世間の口を金で封じるような、豪華きわまりない婚礼だった。厳しい奢侈《しゃし》禁止令が布《し》かれる中、見廻りの役人たちにも、多額の「目こぼし料」が支払われたであろうことは想像にかたくない。

ところが年明けの正月十日、突然の不幸が『近江屋』を襲った。寄り合い帰りの茂兵衛が、酒に酔って掘割《ほりわり》に転落するという事故が起きたのである。近くの番屋の番太郎が通報を受けてすぐに引きあげたが、茂兵衛はすでに多量の水を飲んで死んでいた。

それからひと月半後、中有《ちゆうう》の満ちる日を待って、娘婿《むすめむこ》の佐太郎が『近江屋』の五代当主の座についた。その披露目《ひろめ》の宴《うたげ》も近隣の人々が目を見張るほど豪勢なものだったという。

ともあれ、これで『近江屋』の身代《しんだい》もまずは安泰《あんたい》、五代目の佐太郎が老舗の暖《の》簾《れん》を立派に守り継いでいくだろう、と誰もがそう思った矢先、今度は女房のお園が急死してしまったのである。近所の医者の所見によると、死因は心ノ臓の発作だったらしい。

話を聞きおえた直次郎が、不精ひげの生えた顎《あご》をぞろりとなでて、

「たしかに話ができすぎてるな」

ぼそりとつぶやいた。

「で、頼み人は誰なんだい？」

「『近江屋』の奉公人。それ以上のことは、あっしの口からはいえやせん」

現代ふうにいえば内部告発であろう。

「よし、わかった。その仕事引き受けよう」

「よろしくお頼み申します」

軽く頭を下げて、半次郎はひらりと身をひるがえして走り去った。

直次郎は、そのまま濠端《ほりばた》通りを北上し、鍛冶橋御門、呉服橋御門、常盤橋御門を経由して、神田にむかった。神田川にかかる和泉《いずみ》橋をわたると、すぐ北詰めが佐久間町である。

佐久間町三丁目の東はずれに『近江屋』はあった。瓦葺《かわらぶ》きの二階家、間口七、八間（十三～十五メートル）の豪壮な店がまえである。屋根にかかげた木彫り金《きん》箔《ぱく》の大看板が老舗の風格をにじませている。

時刻は七ツ半（午後五時）ごろ、すでに暮色が迫っていた。手代や丁稚《でっち》たちがあわただしく店じまいをしている。

直次郎は『近江屋』のななめ向かいの路地角にたたずんで、さりげなく店の様子をうかがった。ややあって、店の奥から上等の紬《つむぎ》の羽織をはおった三十二、三の色白のやさ男が姿をあらわした。奉公人たちが腰を低くして男を送り出す。どうやら、その男が五代目の佐太郎らしい。

直次郎はふらりと路地角から歩み出て、何食わぬ顔で男を尾行しはじめた。

店を出た佐太郎は、佐久間町二丁目のほうへ歩いて行き、和泉橋をわたって、橋の南詰めを右に折れた。そのあたりは薄禄の幕臣の小屋敷が立ちならんでいる。板塀や黒文字垣などがつらなる小径《こみち》を曲がりくねりながら、しばらく行くと町屋に出た。岩井《いわい》町という。分限者の隠居屋敷や富商の別宅、妾宅《しょうたく》などが多い閑静な町である。

その町の一角、山茶花《さざんか》の垣根をめぐらせた瀟洒《しょうしゃ》な一軒家に、佐太郎は入っていった。

「あら、旦那、いらっしゃい」

中から若い女の声が聞こえた。直次郎は垣根の外に立って、家の中の気配をうかがった。ほどなく居間の障子に明かりがともり、うっすらと男と女の影が映った。その影が二つに重なり、障子の裾の闇にゆっくり沈んでいく。

（ちっ）

直次郎は思わず舌打ちをした。

（女房の喪《も》も明けねえうちに、このざまか……）

あきれるよりも、腹が立ってきた。先代の茂兵衛と女房のお園を闇に屠《ほふ》って『近江屋』の身代を乗っ取ったあげく、若い女を囲って情事にうつつをぬかす。かなりの悪党には違いないが、初仕事としては相手が小者すぎる。やや不満を覚えながら、直次郎は背を返して路地をぬけた。

岩井町と紺屋《こんや》町三丁目の辻角に、そば屋の屋台が出ていた。冷や酒とかけそばを注文し、ちびりちびりやりながら時をつぶした。

小半刻ほどたったとき、路地の暗がりに人影がよぎった。佐太郎である。直次郎はすかさず代金を払って立ち上がった。さっき来た道を、佐太郎はゆっくりと歩いてゆく。四辺はもう宵闇につつまれていた。行き交う人影もなく、ひっそり静まり返っている。

直次郎は歩度をはやめて、佐太郎の背後に追いすがった。気配に気づいて、佐太郎がけげんそうに振り向いた。身なりを見て、すぐに八丁堀と察したのだろう。

「お役人さま」

顔をこわばらせて立ちすくんだ。

「『近江屋』の佐太郎だな？」

「は、はい」

「先代の茂兵衛を手にかけたのは、おめえか？」

「だ、出しぬけに、何をおっしゃいます！」

思わず声を高めた。白い顔が血の気《け》をうしなってさらに白くなっている。明らかに狼狽《ろうばい》の色である。直次郎はにやりと嗤《わら》って、佐太郎の肩をぽんと叩き、

「そうムキになるな。ことと次第によっちゃ、見逃してやってもいいんだぜ」

「…………」

佐太郎の顔は硬直したままだ。

「悪いようにはしねえ。これは取り引きだ。素直に吐《は》けば見逃してやる」

「…………」

佐太郎の肩がかすかに震えている。まだ警戒心は解けていない。

「寄り合い帰りの茂兵衛を掘割に突き落としたのは、おめえなんだな？」

「し、知りません。私は何も知りません」

「とぼけるなッ」

一喝《いっかつ》するや、佐太郎の腕を取ってぎりぎりとねじ上げた。

「ら、乱暴はおやめ下さい！」

「素直に吐かねえと腕をへし折るぜ」

力を込めてさらにねじ上げる。痛みに耐えかねて佐太郎が悲鳴を上げた。

「どうかご勘弁を！」

「じゃ、吐くんだな」

佐太郎が顔をゆがめてうなずく。

「お園はどうやって殺した？」

「そ、それをいったら、本当に見逃してもらえるんでしょうね」

「だからいったじゃねえか。ことと次第によっては、……となと直次郎は指で丸を作って見せた。

「お金でございますか」

「ああ」

「いかほどで？」

「まあ、十両ってとこかな」

町奉行所の廻り方が、商家の不祥事につけ込んで金を脅《おど》しとるのは、日常茶飯事のことだ。逆にいえば、どんな悪事でも金さえ払えば見逃してもらえるということでもある。

「たった十両で首がつながると思えば、安いもんじゃねえか」

「それは、もう……」

佐太郎の顔に狡猾《こうかつ》な笑みが浮かんだ。警戒の色はすっかり失《う》せている。

「後学のためだ。お園をどうやって殺したか、教えてくれ」

一瞬、ためらって、

「……お園が寝込んだすきに、濡れ紙を鼻と口に当てて殺しました」

すんなり白状した。直次郎がにやりと笑って佐太郎の手を放した。

「なるほど、その手口なら医者も気づくめえな」

「商人《あきんど》とお役人さまは持ちつ持たれつの仲、今後ともよろしくお付き合いのほどを」

佐太郎が安堵の笑みを浮かべ、慇懃《いんぎん》に頭を下げた。それを冷やかな目で見て、

「あいにくだが」

直次郎が冷然といった。

「おめえに今後はねえ」

「え」

と顔をあげた瞬間、
しゃっ！

一閃の銀光が闇に奔《はし》った。同時に、おびただしい血潮《ちしお》をまき散らして、佐太郎は丸太のように地に倒れ伏した。喉《のど》の血管《ちくだ》が切り裂かれて、泉水《せんすい》のように血が噴き出している。文字どおり抜く手も見せぬ瞬息の逆袈裟《ぎやくげさ》だった。心抜流《しんぬきりゆう》の居合術である。

心抜流の祖は、上泉伊勢守秀綱《かみいずみいせのかみひでつな》の門人・奥山左衛門大夫《おくやまさえもんだゆう》といわれ、その門葉《もんよう》に真抜流や信抜流が生まれた。直次郎は十五のときから、小川《おがわ》町の心抜流道場で居合の剣を学んできた。道場でも一、二といわれる達人である。

びゅん、と刀の血ぶりをして納刀すると、直次郎はゆっくり振り向いて、

「腕試しはおわったぜ。出てきなよ」

闇の奥に声をかけた。かすかに闇が動いて板塀の陰から、黒影がふわりと躍《おど》り

出た。小柄だが肩幅の広い、四十がらみの男である。

「さすがは仙波の旦那、お見事な腕前でござんした」

男がにっと笑った。額が異常に広く、分厚い唇の左右から牙《きば》のように犬歯が突き出ている。まるで狒々《ひひ》のような面貌の男だ。直次郎は短軀《たんく》のその男を見下ろすようにしていった。

「元締めの差し金か」

「へえ」

「これで、おれも仲間入りを許されたってわけだな」

「……あっしは万蔵《まんぞう》と申しやす」

「仕事料はいつもらえる？」

「明日にでも、半次郎に届けさせやす」

「その前に一分ほど貸してもらえねえか」

「一分？」

「おれは……今夜、はじめて人を斬った。たとえ相手が極悪人でも、人を殺すのは決して気分のいいもんじゃねえ」

「で」

万蔵が探るように見た。

「その一分でどうなさるおつもりで？」

「酒を飲む。清めの酒をな」

「分かりやした。この先にあっしの行きつけの店がありやす。ご案内いたしやしょう」

そういうと、万蔵は先に立ってひょこひょこと歩きはじめた。

2

岩井町からほど近い平永町《ひらなが》の蛤横町《はまぐりよこちょう》に、その店はあった。軒行燈《のきあんどん》に『ひさご』とある。間口三間ほどの小さな料理屋である。粋筋らしい年増の女将《おかみ》と初老の板前が店を切り盛りしていた。

近所の小商人《こあきんど》とおぼしき男が三人、酒を酌み交わしながら談笑している。直次郎と万蔵は奥の小座敷にあがった。すぐに酒と肴《さかな》が運ばれてきた。肴は浅蜊《あさり》と葱《ねぎ》を酢味噌であえたものと、白魚の天ぷらである。

「粋な店を知ってるじゃねえか」

猪口をかたむけながら、直次郎がそういうと、万蔵は照れるように頭をかいて、

「へへへ、裏稼業のおかげで贅沢《ぜいたく》をさせてもらってやす」

「この稼業は長《なげ》えのか？」

「二年になりやす」

「その前は？」

「若いころは散々悪さをしやしてね」

といって、万蔵はおもむろに袖《そで》をたくしあげた。二の腕に入れ墨《ずみ》がある。

「おかげでこんな墨を入れられちまって」

「そいつは江戸の墨じゃねえな」

「へえ」

入れ墨刑は、江戸と諸藩では墨の入れ方が異なる。江戸の場合は、科人《とがにん》の二の腕に廻輪《かいりん》の幅三分（約九ミリ）ほどの入れ墨を二筋彫《ほ》りこむが、藩によっては額に彫るものもある。万蔵の入れ墨は、二の腕に長さ三寸五分（約十一センチ）ほどの縦二筋《たてふたすじ》の入れ墨である。駿府《すんぷ》の入れ墨だった。

「おめえ、駿河《するが》にいたのか」

「へえ。二十《はたち》のときに所払いになりやしてね。それからあちこちを転々と……。江戸に出てきたのは三年前です。深川《ふかがわ》の居酒屋で板前の修業をしていたときに、元締めと知り合って、いまの仕事を」

「小夜って女は何者なんだい？」

「旅廻りの軽業《かるわざ》一座にいたそうで」

「ほう」

「奥州《おうしゆう》深川《やながわ》の水呑み百姓の六女として生まれやしてね。五歳のときに旅の軽業一座に売られ、親方から『蓮飛《れんとび》』の技を仕込まれたそうです」

蓮飛とは、奈良《なら》朝時代に中国から伝来した散楽雑戯《さんがくざつぎ》の一種で、『洛陽集《らくようしゆう》』（延《えん》宝《ぽう》八年版）に、「軽業は蓮《はす》の実より事起これり」とあるように、演者が飛び跳《は》ねるさまは、さながら蓮の実が飛ぶようだったという。それがこの曲飛びの名の由来になった。

「なるほど――」

直次郎が深々とうなずいた。先夜、直次郎に襲いかかったときの、小夜のおどろくべき跳躍力と身の軽さのわけがそれで理解できた。

「ほかにもいるのか、仲間は……？」

「いえ、あっしと小夜の二人だけで。旦那が加わってくれたんで三人になりやした」

「もう一つ訊くが」

「へい」

「元締めの寺沢弥五左衛門って男は、いってえ何者なんだ？」

「それは……」

万蔵が困惑げに口ごもった。

「まだ、おれが信用できねえのか」

「いや、決してそういうわけじゃねえんですが、あっしの口からいうわけにはまいりやせん。いずれ元締めのほうから話があると思いやす」

「ま、いいだろう」

気を取り直して酒をあおった。

「あ、そうそう」

と思い出したように、万蔵がふところから二両の金子《きんす》を取り出した。

「これを旦那に渡すようにと、元締めからことづかってきやした」

「仕事料は明日じゃなかったのか」

「それとは別口です。いってみりゃ支度金《したくきん》のようなもので」

「つまり、おれの仕事が認められたってことだな」

「そのとおりで」

「万蔵」

「へい」

「ついでにもう一つ訊くが」

直次郎は急に声を落とした。

「もし、おれが佐太郎殺しをしくじってたら、どうするつもりだったんだ？」

「どうって……、その……」

「ふふふ、とぼけても無駄だぜ。ふところに呑んでる匕首《あいくち》は、そのとき使うつもりじゃなかったのか？」

直次郎が見抜いたとおり、万蔵は懐中に九寸五分（約二十九センチ）の匕首をしのばせていた。直次郎が仕事に失敗したとき、もしくは仲間を裏切ったときにそれを使うつもりだったのである。

「かんべんしておくんなさい。これもあっしらの掟《おきて》なんで」

「おめえが謝ることはねえさ。仕事はうまくいったし、おかげでおれの命もつながった。結果よければすべてよしってことよ」

直次郎は苦笑しながら、万蔵の手から二両の金子をもぎ取ると、

「せっかくのご厚志《こうし》だ。ありがたくちょうだいしておくぜ」

無造作にふところにねじ込んで腰をあげた。

「もうお帰りで？」

「女房に怪しまれるといけねえ。ここはゴチになるぜ」

帰りがけに日本橋萬町の生薬屋『井筒屋』に立ち寄った。

六ツ半（午後七時）を少し回っていたが、店は開いていた。あるじの徳兵衛は留守だったが、顔見知りの手代がいたので「浄心散」を二十包ほど調剤してもらった。むろん現金払いである。ついでに先日の付けも払った。

――せめて女房の薬代だけでも……。

直次郎が「裏稼業」に手を染めた最大の理由はそれだった。惚れて一緒になった女房である。薬代に事欠き、そのために菊乃が死ぬようなことがあったら、それこそ痛恨のきわみである。生涯、悔いが残るにちがいない。

元締めの寺沢弥五左衛門は「一殺多生」といった。しかし、直次郎にとって

「多生」などという大義名分は無用だった。あくまでも菊乃の命をつなぐための「一殺」である。佐太郎のような悪党を一人殺せば、そのぶん菊乃の命がのびる。それで十分なのだ。

直次郎が小普請組《こぶしんぐみ》・大谷八左衛門《おおたにやざえもん》の三女・菊乃と一緒になったのは、八年前の天保五年である。直次郎二十三歳、菊乃十八歳のときだった。

心抜流道場に大谷家の遠縁にあたる剣友がおり、その男に連れられて大谷家に遊びに行ったおり、はじめて菊乃を紹介された。まるで庭の片隅にひっそりと咲く、白百合のように清楚で美しい娘だった。直次郎は一目で心をうばわれた。

当時、菊乃にはいくつか縁談があったが、直次郎は委細かまわず大谷家に日参して、菊乃を嫁にもらいたいと懇請《こんせい》した。小身とはいえ、相手はれっきとした旗本の娘である。一方の直次郎は、わずか三十俵二人扶持の御家人、いま思えば身のほど知らずもいいところだ。

菊乃の父親・八左衛門は、見るからに古武士然《ぜん》とした頑固一徹《がんこいってつ》な男だったが、直次郎の熱意と根気に負けて、

「それほどまでに申すなら、ぜひもあるまい」

ようやく許してくれた。ただし、

「娘に一滴の涙でも流させるような不実な真似《まね》をしたら、このわしが許さんからな。それだけは肝に銘《めい》じておけ」

と釘を刺すのも忘れなかった。

その八左衛門も、病没した妻のあとを追うように五年前に他界し、いまは長女の婿が大谷家をついでいる。

（あれから、もう八年になるか）

直次郎の胸に熱い感懐がこみあげてきた。

気がつくと組屋敷の前に立っていた。木戸門をくぐり、玄関に入る。家の中の明かりは消えていた。菊乃はもう床についたのだろう。足音をしのばせて居間に行き、寝衣に着替えて寝間の襖をあけた。部屋のすみに有明行燈《ありあけあんどん》のほの暗い明かりがにじんでいる。そっと布団にもぐり込んだ。

「お帰りなさいまし」

菊乃が目をあけて、小さくいった。

「すまん。起こしてしまったか」

「さっきから起きてました」

「具合はどうだ？」

「お薬のおかげで、だいぶ」

「そうか。それはよかった」

「お酒、飲んできたんですか」

「少しな。匂うか？」

「体が温かい」

といって、菊乃は直次郎の胸に手をすべり込ませた。細い、冷たい手だった。

直次郎は無言でその手をにぎり返した。

「……ごめんなさいね」

菊乃がぽつりといった。

「何のことだ？」

「わたしがこんな体だから、あなたに不自由な思いをさせてしまって」

「おれは少しも不自由だとは思っていない」

「でも」

「そのことは、もう忘れろ」

「………」

この六年間、直次郎は一度も菊乃を抱いていない。かかりつけの医者から房事を差し控えるようにいわれていたためである。直次郎も生身の男である。妻の体を抱けない辛《つら》さはあったが、それ以上に、女としてのつとめを果たせない菊乃の苦悩は深いものがあるにちがいない。

「いいんですよ、よそに女の人を作っても」

菊乃が悲しげにいった。

「馬鹿なことをいうな。いまさら女なんて」

と笑殺《しょうさつ》したが、直次郎の心中はおだやかではなかった。お艶との仲を悟られたのではないかと、一瞬の危惧《きぐ》が脳裏《のうり》をつらぬいたのである。

「体に障《さわ》るといかん。さ、寝よう」

菊乃の手をにぎりながら、直次郎は静かに目を閉じた。だが、なかなか寝つかれなかった。お艶の白いつややかな裸身がまぶたに去来する。一方で菊乃の言葉が棘《とげ》のように胸を突き刺している。二人の女を愛しながら、同時に二人の女を裏切っている、と直次郎は思った。

3

「事態はいよいよ深刻ですな」

金壺眼《かなつぼまなこ》をしょぼつかせながら、例繰方《れいくりかた》の米山兵右衛がぼそりとつぶやいた。

南町奉行所の近くのめし屋である。昼めし時を過ぎたせいか、店内には兵右衛と直次郎の姿しかない。二人はこの店の名物の〝麦とろ飯〟をすすっている。

「何の話ですか？」

箸《はし》をとめて、直次郎がけげんそうに訊きかえした。

「『闇の殺し人』ですよ。先日、柳橋の土手道で堕胎医者《おろし》の松永玄庵が何者かに殺されました。四日前には、神田佐久間町の油問屋『近江屋』のあるじ佐太郎が、やはり何者かの手によって……。もっとも佐太郎は刀で斬られたようですが」

「何でもかんでも『闇の殺し人』のせいにしちまうというのもいかがなもんですかね」

「むろん、すべてがそうだとはいいませんが、誰いうとなく、巷《ちまた》にはそんな噂《うわさ》がちらほらと」

「噂なんてものはあてになりませんよ」

直次郎は一笑に付した。

「一犬虚《いっけんきょ》に吠《ほ》ゆれば万犬実《ばんけんじつ》を伝《つた》う、といいますからね」

「ですが、仙波さん」

どんぶりに残った麦とろ飯をずずっとすすりあげて、

「奉行所としては、このまま見過ごすわけにはまいりますまい」

いつになく厳しい顔つきで、兵右衛がいった。

「このところ不可解な殺しがつづいているのは事実です。奉行所の威信回復のためにも噂の真相を突きとめ、一刻もはやく下手人を挙げなければ」

「おっしゃることは、ごもっともですが、しかし、肝心の廻り方があの体たらくでは、どうしようもありません。期待するほうが無理でしょう」

「問題はそれなんです。今朝方も仁杉《にすぎ》さまにその旨《むね》、ご建言《けんげん》申しあげたのですが、ご老中水野さまの〝御改革〟を推進するのが先決だ、と一蹴《いっしゅう》されましてね」

楊枝《ようじ》で欠けた歯をほじくりながら、兵右衛は嘆くような口調でいった。仁杉というのは、同心支配役与力・仁杉与左衛門《よざえもん》。奉行・鳥居耀蔵のふところ刀といわれている男である。

「さて」

と兵右衛が立ち上がり、

「急ぎの仕事がありますので、わたしは先に失礼させてもらいます」

飯代を卓の上におき、一礼してそそくさと出ていった。小女《こおんな》が運んできた茶をすすりながら、直次郎は思わずふくみ笑いをもらした。兵右衛が指摘したとおり、『闇の殺し人』は確かに実在するのである。そして、その一人が、じつは兵右衛の目の前にいたのである。

（おれがその一人なのよ）

そう思うと、何やら心が浮き立つような痛快な気分になってくる。

「いらっしゃいまし」

ふいに小女の声がして、若い同心が入ってきた。高木伸之介である。直次郎が「おう」と手をあげると、伸之介は小女に魚の煮つけと飯を注文して、直次郎の前に座った。

「どうした？　浮かぬ顔をして」

「仙波さんがいったとおり、とうとう四人目の犠牲者が出ましたよ」

「いつのことだ？」

「きのうです。場所は本所四ツ目橋《ほんじょよつめ》の近く。殺されたのは相生町《あいおい》の大工の娘で、名はお民《たみ》。歳は十七です」

「殺しの手口は、これか？」

と首を絞める真似をした。

「ええ、やはり情交の跡がありましたが、和姦じゃありません。手込めにされたようです」

「争った跡でもあったのか」

「娘の爪《つめ》の間に血がにじんでました。抵抗して男の顔でも引っかいたんでしょう」

「なるほど」

大工の娘だけあって、お民は勝気な性格の娘だったのだろう。

「下手人も相当あわてていたようで、現場にこんなものを落としていきましたよ」

伸之介がたもとから暗緑色の小さな根付《ねつけ》を取り出して、卓のうえにころんと置いた。竜の頭をかたどった翡翠《ひすい》の根付である。それを手にとってまじまじと見ながら、直次郎が険しい顔でつぶやいた。

「翡翠か……」

「そこらへんの破落戸《ごろつき》が持つようなものじゃありません」

「……………」

直次郎は、根付を宙にかざして見た。半透明の深緑色をしている。翡翠の中でもとくに高価な「琅玕《ろうかん》」とよばれる宝玉で、国内で産出されるものではない。主産地のビルマから中国に原石が移入され、さまざまな装飾品に加工されて日本に渡ってきたものと思われる。

「唐物《からもの》ですか、これは？」

仲之介が意外そうに訊きかえした。

「間違いねえ。唐物問屋《からものどんや》を当たってみたらどうだ。買い手がわかるかもしれねえぜ」

「それはいいことを聞きました。さっそく当たってみます」

唐物問屋とは、現代でいう輸入雑貨商である。抜け荷（密輸）以外の正式なルートで輸入された唐や和蘭《オランダ》などの舶来《はくらい》品は、長崎の公営市場に出され、商人方とよばれる役人によって、入札制で品物がさばかれていた。買い手のほとんどは大《おお》坂平野町《さかひらの》の唐物問屋で、そこから京都や江戸の仲買人に輸送されるのである。

高木伸之介が聞き込みをはじめてから、すでに三日がたっていた。

江戸の唐物屋《とうぶつや》は、古道具屋を兼ねている店が多く、正確な数はわからなかった。同業者の情報を頼りに朝から夕方まで聞き込みに歩いて、せいぜい四軒から五軒が限界だった。

その五軒目を訪ねたときである。

応対に出た初老のあるじが、翡翠の根付を一目見るなり、

「これは、二年ほど前に手前どもの店で売った品物でございます」

ためらいもなくそういった。二年前といえば、奢侈《しゃし》禁止令が公布される前の年である。その当時は、まだ唐物屋の店頭に舶来の贅沢品が並んでいたにちがいない。むろん今は、厳しい取り締まりのために、それらの贅沢品は姿を消し、古《こ》色蒼然《しょくそうぜん》たる骨董品だけが並んでいる。

「誰が買っていったか、憶《おぼ》えているか」

「二十両もする高価な品ですから、忘れるわけはございません」

「何者なのだ?」

「蔵前《くらまえ》の札差《ふださし》『備前屋《びぜんや》』さんの息子さんで、名は、たしか秀次郎《ひでじろう》さんと」

「『備前屋』のせがれ、か」

それだけ聞けば十分だった。あるじに一言礼をいって、仲之介は蔵前に足を向けた。

札差というのは、旗本や御家人などの禄米を担保に金を貸す商人で、それぞれの米俵に「何何様」と書いた札を差して担保の禄米を管理したところから、札差の称が起こったという。別名「蔵宿《くらやど》」ともいった。浅草御蔵前には、札差が百九軒あり、その所在地から天王《てんのう》町組、片町《かたまち》組、森田《もりた》町組の三組に分かれていた。

『備前屋』は森田町組でも一、二といわれる大店《おおだな》である。

夕闇がせまっていた。奉公人たちがあわただしく店じまいの支度にとりかかっている。仲之介がふらりと店に入っていくと、帳場格子《ちょうばごうし》の中で帳簿の整理をしていた番頭らしき男がすかさず腰をあげて、

「あ、お役人さま、お見廻りご苦労さまでございます」

丁重に頭を下げた。

「秀次郎はいるか？」

「はい。若旦那に何か御用でも？」

「ちょいと訊きたいことがある。いるなら呼んでくれ」

「少々お待ちください」

番頭は不審げに奥へ立ち去った。上がり框《かまち》に腰をおろして待っていると、ほどなく奥から若い男が姿を現した。秀次郎である。歳は二十二、三。中肉中背の、一見どこにでもいそうな若者だが、その目つきが異常だった。どこを見ているのか、焦点のぼやけた目つきをしている。仲之介は秀次郎の右頬に引っかき傷があるのを見逃さなかった。

「わたしに何か？」

あらぬ方向に目をやりながら、秀次郎はおどおどと仲之介の前に腰をおろした。

「この根付に見覚えはないか」

と例の翡翠の根付を差し出すと、

「あ、これは……！」

一瞬、絶句した。

「お前さんのものだな？」

「は、はい。この根付は胴乱《どうらん》につけていたものなのですが」

胴乱とは、革または羅紗《らしゃ》などで作った方形の袋で、薬や印鑑、煙草《たばこ》、銭などを入れて腰に下げる小物入れのことをいう。

「半月ほど前に、その胴乱ごと盗まれまして」

「盗まれた？」

「両国広小路《りょうごくひろこうじ》の見せ物小屋の中です。気がつくといつの間にか無くなっていました。たぶん巾着《きんちゃく》切りにやられたのだと思います」

よどみのない口調で、秀次郎はそういった。顔は仲之介に正対しているが、あいかわらず目だけはあらぬ方向を見ている。

「お民という女を知っているか」

仲之介は質問を変えた。むろん知っていると応えるわけはない。ただ秀次郎の反応を探ろうと思って訊いたのである。

「お民？」

秀次郎がとぼけ顔で訊きかえした。

「本所相生町の大工・常吉《つねきち》の娘だ。三日前にそのお民が殺された」

「それと私と一体どういう関わりがあるとおっしゃるので？」

「殺しの現場に、この根付が落ちていたのだ」

「ですから、さきほども申しあげたように」

「じゃ訊くが、その右頰の引っかき傷は何なのだ？」

畳みこむように詰問した。さすがに秀次郎も狼狽《ろうばい》した。あわてて右手で頰の傷を隠し、

「こ、この傷は……、庭の植木の手入れをしていたおりに……、枝先が顔に当たってついた傷です」

しどろもどろに弁解する。

「ま、いいだろう。詳《くわ》しい話は番屋でゆっくり聞く。一緒に来てくれ」

と仲之介が立ち上がると、

「お待ちくださいまし」

奥から声がして、でっぷり肥《ふと》った初老の男が、突き出た腹をゆさぶりながら出てきた。『備前屋』のあるじ惣右衛門《そうえもん》である。額が禿《は》げあがり、首のまわりにもたっぷりと贅肉《ぜいにく》がついている。見るからに金満家《きんまんか》といった感じの男だ。

「手前、当家のあるじ惣右衛門と申します。失礼ですが、お役人さまは？」

「南町の高木仲之介だ」

「些少《さしょう》ではございますが、これはほんのお近づきのしるしに」

と袱紗《ふくさ》包みを差し出した。中身が金子であることはいうまでもない。包みの大きさから見て、切餅《きりもち》二個（五十両）は入っているようだ。かなりの大金である。

「もみ消し料か」

仲之介が冷やかな目で袱紗包みを一瞥《いちべつ》した。

「とんでもございません。日頃、廻り方のお役人さまには何かとお世話になっておりますので、そのお礼の気持ちでございます。どうぞお納めくださいまし」

惣右衛門は分厚い唇の端に笑みをきざんだ。品のない賤《いや》しい笑みである。

「おれは金をもらいに来たのではない。秀次郎の身柄をあずかりに来たのだ」

「高木さま」

惣右衛門の顔から笑みが消えた。

「せがれは無実でございます。濡《ぬ》れ衣《ぎぬ》でございます」

「濡れ衣だと？」

「顔の傷は庭の植木を剪定《せんてい》したときについたもの、根付は何者かに盗まれたもの。それを証拠と強弁されるなら、濡れ衣としか申しようがございません」

「何とでもいうがいい。こいつの白黒は吟味方《ぎんみかた》がつけてくれる」

憤然といい返して、

「さ、来いッ」

と秀次郎の腕をとって、引きずるように外に連れ出した。

「お父《と》っあん！」

仲之介に引っ立てられながら、秀次郎が泣きだしそうな顔でふり返った。番頭や奉公人たちはなすべもなく、ただおろおろと見送るばかりである。惣右衛門が顔を真《ま》っ赤《か》に紅潮させて、

「青二才め、秀次郎は、必ず……必ず無罪放免にしてやる。たとえ、この『備前屋』の身代を投げ打ってでも必ずな」

しぼり出すような声で吐き捨てた。たるんだ顎の肉が怒りでぶるぶる震えている。

4

その夜、吉原仲之町《よしわらなかのちょう》の妓楼『三浦屋《みうらや》』に、編笠で面を隠した二人の侍が入っていった。

『三浦屋』は、吉原一の規模と格式を誇る大見世《おおみせ》、いわゆる「総籬《そうまがき》」である。

二人の侍が案内されたのは、二階の十畳ほどの座敷だった。この妓楼は、家が中庭を取りかこむように建てられており、庭には小さな池や石灯籠《いしどうろう》、庭木、石などが配され、どの部屋の窓からも庭の景観が楽しめる趣向になっている。

「お待ち申しておりました」

と、うやうやしく平伏したのは、『備前屋』惣右衛門である。二人の侍は、豪華な酒肴《しゅこう》の膳部の前にどかりと腰をすえると、おもむろに編笠をはずした。この編笠は、吉原遊廓の入り口にあたる五十間道《ごじっけんみち》の編笠茶屋で貸し出しているもので、武士や僧侶はこれで面を隠して登楼するしきたりになっていた。

「ひさしぶりだのう、備前屋」

侍の一人がいった。歳は四十二、三。狐《きつね》のように細い目、鉤鼻《かぎばな》、薄い唇……、佞奸《ねいかん》な面構《つらがま》えのこの侍は、南町奉行所の同心支配役与力・仁杉与左衛門である。かたわらに控えているのは、定町廻《じょうまちまわ》りの片桐十三郎だった。

「ごぶさたいたしております。まずは一献《いっこん》」

愛想笑いを浮かべて、惣右衛門が二人に酒をつぐ。しばらく世間話などをしながら酒を酌み交わしたあと、

「で、用向きと申すのは？」

仁杉が訊いた。

「じつは、今夕《こんせき》、手前どものせがれ秀次郎が、高木さまとおっしゃる廻り方のお役人にあらぬ嫌疑をかけられまして」

「高木？　高木伸之介か」

訊き返したのは、片桐十三郎である。

「はい。本所の大工の娘を殺《あや》めた科《とが》だとおっしゃって」

仁杉と片桐は知らなかった。伸之介からそのような報告も受けていない。

「秀次郎をしょっ引《ぴ》いていったか」

今度は仁杉が訊いた。惣右衛門はことさら沈痛な表情をよそおって、悄然《しょうぜん》とうなずいた。

「手前どもが何と申し開きをしても聞き入れてはもらえませんでした」

「融通のきかぬ男だからな。あいつは」

十三郎が苦々しくいう。惣右衛門がさらに肩を落として、

「せがれは気の弱い男ですので、拷問《ごうもん》にでもかけられたら、嘘でも自分がやったと白状してしまうでしょう。そうなったらもう手遅れでございます。なんとかその前に、仁杉さまのお力でせがれを助けていただきたいのです。何とぞ、何とぞ

お力添えのほどを」

がばっと両手をついて、額をこすらんばかりに低頭した。

ことり。盃を膳におくと、

「話は分かった」

仁杉が鷹揚《おうよう》にうなずき、となりの十三郎にちらりと目をやって、

「明日にでも大番屋《おおばんや》におもむき、秀次郎を解き放してやれ」

「かしこまりました」

「これでよいな、備前屋」

「ありがとう存じます」

惣右衛門は、また深々と頭を下げ、膝前においた袱紗包みを開いた。中身は切餅六個（百五十両）である。四個を仁杉の前に、二個を十三郎の前に差し出すと、二人はさも当然のようにそれをつかみ取って、ふところにねじ込んだ。

「ところで、備前屋」

思い直して、仁杉が惣右衛門を見た。

「わしからも一つ頼みがあるのだが」

「何でございましょう」

「ちかごろ、市中に妙な噂が流れておる。人の怨みを金で晴らす『闇の殺し人』と申す輩《やから》がひそかに暗躍しているとな」

「闇の殺し人？」

「あながち根も葉もない流言蜚語《りゅうげんひご》ではなさそうなのだ。現に浅草聖天下の堕胎《おろし》医者・松永玄庵や神田佐久間町の油問屋『近江屋』の佐太郎が、それらしき者に殺されている」

これは例繰方の米山兵右衛から聞いて知ったことである。兵右衛の話によると、その連中は法で裁《さば》けぬ悪や、晴らせぬ怨みを金で晴らす、と標榜《ひょうぼう》しているという。

「それが事実だとすれば、恐ろしい話でございますな」

惣右衛門が顎の下の贅肉をぶるっと震わせた。

「秀次郎とて油断はならんぞ」

「ま、まさか、その連中がせがれの命を」

「あり得ぬことではあるまい」

「しかし、せがれは無実でございますから」

「そのいいわけは……」

仁杉が薄く嗤《わら》った。

「世間には通用せんだろう」

心ノ臓をつらぬくような一言だった。仁杉は秀次郎を「黒」と見ているのである。

「そ、それで――」

惣右衛門の声が上ずった。額に脂汗《あぶらあせ》が浮いている。

「手前に頼みと申されるのは？」

「奉行所は禁令違反の取り締まりで手がいっぱいだ。とても『闇の殺し人』の探索までは手がまわらぬ。そこで頼みの筋と申すのは」

腕の立つ浪人者をかき集めて自警団を組織してもらいたい、といった。ねらいは、もちろん「闇の殺し人」狩りである。

「つまり、毒は毒をもって制すということだ。『備前屋』の財力をもってすれば、浪人者の十人や二十人、かき集めるのは易《やす》いことであろう」

「承知いたしました。さっそく手配りいたしましょう。くれぐれもせがれの件はよろしくお願いいたします」

卑屈な笑みを浮かべて、仁杉の盃《さかずき》に酒を注ごうとすると、

「酒は、もうよい」

と手をふって、

「それより備前屋、ほかに何かおもしろい趣向はないのか」

仁杉が意味ありげに笑った。

「心得てございます」

立ち上がって、惣右衛門が右奥の襖を引きあけた。次の間に三段重ねの、俗にいう〝三《み》ツ蒲団《ぶとん》〟がしきのべてあり、その上に薄衣《うすぎぬ》をまとった花魁《おいらん》がしどけなく座っていた。薄衣の下は一糸まとわぬ全裸である。

「こちらが仁杉さまのお部屋」

「ほう」

と仁杉が吐息をつく。

惣右衛門はすべるように移動し、左奥の部屋の襖を引きあけた。その部屋にも三段重ねの夜具がしかれてあり、薄衣をまとった花魁が座っていた。二人とも吉原で五本の指に入るといわれる名妓である。

「こちらは片桐さまのお部屋でございます」

「ふふふ、これは何よりの馳走《ちそう》だ」

十三郎の目がぎらりと光った。吉原遊廓の遊女の中でも、とりわけ『三浦屋』の花魁は、町方の役人ごときが気安く遊べる相手ではなかった。文字どおり高嶺《たかね》の花である。仁杉と十三郎は満面に笑みを浮かべて、そわそわと立ち上がった。

「どうぞ、ごゆっくりお楽しみくださいまし」

二人に一礼すると、惣右衛門は小腰をかがめて部屋を出ていった。

翌日の昼下がり。

高木伸之介は、日本橋材木《ざいもく》町の大番屋に向かっていた。

大番屋は、犯罪容疑者や事件にかかわりのある者たちを取り調べるところで、別名「調べ番屋」ともよばれていた。捕縛《ほばく》された犯罪者、もしくは犯罪容疑者が町奉行所に引っ立てられたり、直接、小伝馬町の牢屋敷に送られることはなかった。まず大番屋に拘留《こうりゅう》されて、そこで吟味与力の取り調べを受けるのが通例である。

きのうの夕刻、伸之介は『備前屋』の息子・秀次郎を材木町の大番屋に連行して、仮牢《かりろう》に収監した。今朝から吟味与力による本格的な取り調べが行われることになっている。取り調べの結果、容疑が濃厚となれば、伸之介自身が奉行所に入《じゅ》牢証文《ろうしようもん》を取りにいかなければならない。そのために大番屋を訪ねたのである。

柵門《さくもん》をくぐって、大番屋の中に入ると、奥から小者が小走りに出てきて、

「さきほど、秀次郎は放免になりました」

といった。

「放免！」

ぶちのめされたような衝撃を受けて、仲之介は立ちすくんだ。

「それはいったい誰が決めたのだ！」

「御支配与力の仁杉さまです」

（まさか！）

信じられなかった。同心支配役与力が犯罪者の吟味に直接指示を下すというのは、異例のことである。おどろくべきことに、その指示を伝えにきたのは、同じ定町廻りの片桐十三郎だという。

（何かの間違いだ）

そうとしか思えなかった。秀次郎は九分九厘「黒」である。動かぬ証拠もある。吟味方が厳しく責めたてれば、必ず自白する。仲之介はそう思っていたし、確信もあった。それなのに……、

（なぜ、放免なのだ！）

胸の中で叫びながら、伸之介は走った。一目散に走って奉行所にもどった。

御用部屋の片隅で、片桐十三郎が当座帳《とうざちょう》に筆をはしらせていた。

「片桐さん！」

息を荒らげて、伸之介は飛びこんだ。片桐が筆をおいて、ゆっくり振りかえった。

「いったい、どういうわけがあって秀次郎を放免なさったのですか！」

嚙みつくようにいった。

「あいつは無実だ」

片桐がにべもなくいった。

「無実ですって！」

「仁杉さまがそう判断なさったのだ。おまえがとやかくいう筋合いではない」

「いえ、わたしは承服できません。仁杉さまにことの次第を訊いてきます」

「伸之介！」

片桐が呼びとめた。叱《や》りつけるような厳しい声である。

「おまえは、もうこの事件《やま》から手をひけ」

一瞬、その意味が理解できなかった。

「探索をやめろ、と？」

「仁杉さまから御下命があった。本日をもって諸色調掛《しょしきしらべがかり》にお役替えになった」

「……！」

言葉がなかった。やり場のない怒りと悲しみが、仲之介の胸を満たした。明らかに上からの圧力だった。備前屋惣右衛門が手をまわしたにちがいない。そうと分かっていても、どうすることもできなかった。耐えがたい悔しさと無力感がこみあげてくる。だが、同心支配役与力の命令に逆らうことはできない。絶対服従なのだ。

「分かったな」

念を押すように片桐がいった。

「………」

仲之介は力なくうなずいて、ふらりと御用部屋を出た。廊下に出たとたん、ふいに背後からポンと肩を叩かれた。おどろいて振り向くと、そこに直次郎がうっそりと立っていた。厠《かわや》の帰りに、偶然二人のやりとりを聞いたのである。

「話は聞いたぜ」

直次郎が小声でいうと、

「腐ってます！」

一言、吐き捨てるようにいって、伸之介は背を返した。やり場のない怒りを叩きつけるように、廊下を踏み鳴らして去っていく。

――腐ってます！

伸之介の言葉が直次郎の胸をついた。

（これでいい）

見習い同心から、奉行所の花形といわれる定町廻りに抜擢され、意気揚々《ようよう》と役目に精勤してきた伸之介の、あまりにも残酷な挫折《ざせつ》の瞬間を、直次郎はむしろ好ましい思いで見ていた。

（これで奴も一皮むけるだろう）

と……。

5

備前屋惣右衛門は、息子の秀次郎が釈放されると同時に、さっそく地回りの富《とみ》五郎《ごろう》という男を使って腕の立つ浪人者を十五、六人かき集めた。

集められた浪人たちは、本所横網町《ほんじょよこあみ》と両国米沢町《よねざわ》、神田多町《たちょう》の三カ所の貸家に配された。月々の手当てはひとり一両、住まいと三度の食事はただで与えられる。野良犬同然の食いつめ浪人にとって、こんなうまい話はないだろう。

「闇の殺し人」に関する情報は、定町廻り同心の手先、すなわち岡っ引どもが集めてくることになっていた。探索の対象にされたのは、怪しげな行動をとる者、過去に犯罪歴がある者、定職をもたぬ者、最近急に金回りがよくなった者などである。

そうした情報を受けて、浪人たちが対象者をひそかに抹殺する。むろん町奉行所は黙認する。それどころか、同心支配役与力の仁杉は、その殺しも「闇の殺し人」の仕業だと喧伝《けんでん》するつもりだ。

暮れなずむ町を歩きながら、直次郎は苛立《いらだ》っていた。

半次郎が佐太郎殺しの仕事料を届けにきてから十日あまりたつが、その後、さっぱり音沙汰《おとさた》がなかった。こっちから連絡《つなぎ》をとりたくても、元締めの居所はおろか、小夜や万蔵の住まいさえ分からないのだ。

彼らは直次郎のすべてを知っている。だが、直次郎には彼らの姿がまったく見えない。向こうから連絡がくるのを、ただ待つだけである。自分だけが蚊帳《かや》の外におかれているようなものだった。まだ信用されていないのかと思うと、苛立ちを越えて腹が立ってくる。

日本橋をわたって室町《むろまち》通りに出た。気晴らしに酒でも食らおうと思った。

と、そのとき……。

人混みの向こうに、大きな台箱をかついだ女髪結いの姿がよぎった。小夜である。直次郎はすかさず商家の軒下に身を隠し、小夜の動きを目で追った。

小夜は室町三丁目の角を右に折れた。と見るやいなや、直次郎は脱兎《だっと》の勢いで走り出していた。小夜が足をむけたのは、浮世小路《うきよこうじ》だった。小路の突きあたりは堀留めになっている。

堀に沿って道が二つに分かれていた。右へ行くと瀬戸物《せともの》町、左は伊勢《いせ》町である。小夜は右に曲がった。曲がってすぐのところに、小さな稲荷社があった。

周囲は町家が密集している。古くは、尾張国の瀬戸村から出る陶器を売る店が数軒あったことから、瀬戸物町の名がついたという。稲荷社のわきの細い路地の奥まったところに、古い小さな一軒家があった。小夜はその家に入っていった。

路地角に立ってそれを見届けると、直次郎は小走りに飛び出して、がらりと引き戸を引きあけた。

「どなた？」

奥から声がして、小夜が出てきた。赤い襷《たすき》に紺《こん》の前掛けをしている。一度家にもどって、また仕事に出かけるつもりだったのだろう。直次郎の姿を見て息をのんだ。

「旦那！」

「ちょいと上がらせてもらうぜ」

「な、なぜ、ここが」

「おれの目は節穴じゃねえんだぜ」

いうなり、ずかずかと上がり込み、奥の襖をがらりと引きあけて部屋に入った。

「ちょ、ちょっと旦那、困りますよ。勝手に上がりこまれちゃ」

かまわず腰の二刀をはずして、どかりと座りこむと、険《けわ》しい顔で小夜を見上げた。

「おめえに訊きてえことがあってな」

「どんなことですか？」

「元締めの家《やさ》を教えてもらいてえ」

「それは……」

小夜が口ごもった。

「いえねえのか」

「あたしの口からいうわけにはいきませんよ」

「万蔵も同じことをぬかしやがった」

「………」

「まだ、おれが信用できねえというのか」

「そういうわけじゃないけど、元締めのお許しが出ないかぎり」

「小夜」

と、いきなり手をとって前に座らせた。

「おれは殺しの下請け人じゃねえ。おめえたちの仲間なんだぜ」

「………」

「一つ間違えたら首が飛ぶ。それを承知で泥船に乗りこんだんだ。浮くも沈むもおめえたちとは一蓮托生《いちれんたくしょう》。そこまで覚悟を決めたおれに、なんで本当のことがいえねえんだ、え？」

「ですから、それはいずれ元締めのほうから……」

「いずれいずれで、もう半月近くたってるんだぜ」

「…………」

「おれはもう辛抱の糸が切れちまった」

やおら小夜の手をとって引き寄せ、荒々しく抱きすくめた。

「な、何するんだい！」

「さあ、吐け。洗いざらい吐いちまえ」

「や、やめておくれ！」

叫びながら、激しく抵抗する。小柄な体だが、元は軽業師だけに全身が撥条《ばね》のようにしなり、膂力《りょりょく》もあった。直次郎は力まかせに小夜の体を押さえつけて襷をはずし、それで小夜の両手首を縛《しば》りあげた。手慣れた捕縛術である。

「ち、畜生ッ」

両足をばたつかせて、小夜はなおも激しく抵抗する。

「じたばたするんじゃねえ」

直次郎は小夜の前掛けをはずし、その紐《ひも》で両足首を縛りあげた。手足の自由をうばわれた小夜は、体をくねらせながら芋虫《いもむし》のように畳の上をのたうちまわっている。

「いったい、あたしをどうしようというんだい！」

「忘れたのか？　初めて逢ったとき、食ってみるかといったのは、おめえなんだぜ」

「あ、あれはほんの冗談さ」

「おれは本気だ」

小夜の帯をずるっと引き抜く。着物が乱れた。その下は緋色《ひいろ》の長襦袢に鬱金《うこん》の伊達《だて》締めである。めくれた襦袢の間から白い、つややかな股《もも》があらわになった。思いのほか肉《しし》づきのいい太股である。伊達締めをはずして、しごきをほどき、長襦袢の襟元を左右に押しひろげた。白い胸乳《むなぢ》が露出する。小ぶりだが形のよい乳房である。下は赤い腰巻だけで、ほとんど半裸になっていた。

「ちょ、ちょっと、やめておくれよ」

恥ずかしそうに小夜が体をよじる。だが直次郎の手はとまらない。容赦《ようしゃ》なく腰巻を引きはいだ。下肢がむき出しになる。股間に薄い秘毛が茂っている。

「あっ」

小夜が小さな叫びをあげて、ぴくんと体をのけぞらせた。直次郎の指が花芯に入っていた。指先でゆっくり秘孔の天井をなであげる。じわりと露がにじみ出す。さらに奥へと指を突き入れる。肉ひだがひくひくと波打っている。

「ば、馬鹿！　……やめて……ああッ」

縛られた両手を宙に突き出し、虚空をかきむしって小夜は狂悶《きようもん》した。

「たっぷり楽しませてもらうぜ」

おもむろに立ち上がり、羽織と着物を脱ぎ捨て、下帯をはずした。怒張《どちよう》した一物が隆々とそり返っている。たくましかった。まるですりこぎ棒のように太く、黒光りする一物である。ふたたび両膝をつき、小夜の足首のいましめを解くと、ぐいと左右に大きく押しひろげた。秘毛の奥に薄桃色の切れ込みがぬれぬれと光っている。そこに尖端を押しあてて下から上へゆっくりなであげる。そして、ずぶりと挿《さ》しこんだ。

「あーッ」

と小夜が叫ぶ。ほとんど悲鳴に近い声である。直次郎の腰が激しく律動する。

「け、けだもの」

と口走りつつ、小夜も尻を振っている。直次郎は責めながら、小夜の両手のいましめを解いて、体にまとわりついていた着物と長襦袢をはぎとった。全裸になる。結合したまま、直次郎は丸太のように太い腕を小夜の腰にまわし、そのまま体を反転させて四つん這いにさせると、うしろから犬のように突いた。

「あっ、そんな……、だ、駄目……」

すでに小夜も一匹の雌犬と化していた。髪を振り乱し、狂ったように尻を振る。直次郎の猛《たけ》り狂った一物が、ずんずんと秘孔の奥の肉壁を突く。そのたびに激烈な快感が脳髄《のうずい》をつらぬいた。悲鳴とも、喜悦の声ともつかぬ声を発して、小夜は昇りつめていった。直次郎も快楽の極限に達していた。

「おっ、うおーっ」

雄叫《おたけ》びのような奇声を放って、直次郎が一物を引きぬいた。同時に尖端からおびただしい量の淫汁が放射され、小夜の細い背中に飛び散った。直次郎はどすんと尻をついて、あえぐように息を荒らげた。小夜はうつ伏せに倒れこんだまま、ぴくりとも動かない。股のあたりの肉がひくひくと痙攣《けいれん》している。

やがて小夜が気だるそうに上体を起こし、

「ふっ、ふふふ……」

ぞっとするような笑みを浮かべて、怨みがましい目で直次郎を見た。

「旦那も悪《わる》だねえ」

「毒食わば皿までってやつさ。これでおれとおめえは、もう他人じゃねえ」

「仲間同士でこんなことをするのは、ご法度《はっと》なんだよ」

「おれには関わりのねえことさ」

と小夜の肩を引きよせた。さっきとは打って変わって、小夜はしおらしげに直次郎の胸にしなだれかかってきた。腋《わき》の下から手を差し入れて乳房をやさしく揉みしだきながら、

「いい具合だったぜ」

小夜の耳元で、直次郎がささやくようにいった。

「旦那もね」

「蓮飛の女軽業師が、なんでこんな稼業に手を染めたんだ?」

「軽業一座の座頭《ざがしら》に旅先で手込めにされちまってさ。そのとき、あたしは十六歳、まだ生娘《きむすめ》だった。悔《くや》しいやら憎いやら……気がついたら、これで……」

そっと髪のかんざしを引きぬいた。例の銀の平打ちのかんざしである。

「殺しちまったのか?」

「座頭の喉を刺してね。あたしは着のみ着のまま必死で逃げた。雪深い信州路《しんしゅう》

だった……。信州から美濃《みの》、美濃から三河《みかわ》、あっちこっちを転々と渡り歩いて、二年前の春、江戸に流れついた」

とぎれとぎれに語りながら、小夜は一方の手を直次郎の股間に差し入れて、萎えた一物をもてあそぶように指先で愛撫した。

「元締めに会ったのは、鳥越《とりごえ》の小料理屋で働いてるときだった。やさしい人でね、身寄りのないあたしを、じつの娘のように可愛がってくれた」

「その男が『闇の殺し人』だと知ったのは、いつなんだ？」

「半年ほどたってから、万蔵さんから聞いたわ」

「仲間に加われと？」

「ううん。あたしのほうから頼んだの。元締めのお役に立ちたいと思って」

「ふーん」

と、うなずきながら、右手はあいかわらず小夜の乳房を揉んでいる。

「あ、旦那」

「どうしたい？」

「あたし、また感じてきちゃった」

「気をいかせるのは、まだ早いぜ。もう一つ訊きてえことがあるんだ」

というと、小夜の裸身を軽々と抱えあげ、赤子を抱くように膝の上にのせて乳房を口にふくんだ。小さくあえぎながら、小夜は弓なりに上体をのけぞらせた。

「寺沢弥五左衛門ってのは、いってえ何者なんだい？」

乳首を吸いながら、直次郎が上目づかいに訊く。

「あたしも、詳しいことは知らないけど……本名は寺門《てらかど》だって……」

「寺門？」

直次郎はふっと乳房から顔を離して、おのれの股間に手を入れた。一物が屹立《きつりつ》している。小夜が催促するように尻を浮かせた。下から垂直に突きあげる。一気に根元まで入った。

「あッ、旦那……、ああ、いい！」

白目をむいて、小夜が腰を振る。

「弥五左衛門っていうのも変名か？」

「ううん、それは本名だって……。号は静軒《せいけん》……あッ、ああ……」

「寺門……、静軒！」

まさか、という思いが直次郎の脳裏をつらぬいた。

第三章　浪人狩り

1

その夜、深川堀川町の寺沢弥五左衛門の家に、一人の男が訪ねてきた。五十年配の恰幅《かっぷく》のよい商人ふうの男である。

男は表玄関を避《さ》けて、裏木戸からこっそりと家の中へ入っていった。弥五左衛門は奥の書斎で書き物をしていた。

「丸菱屋《まるびし》でございます」

男が声をかけて襖《ふすま》を開けると、

「すまんのう。わざわざ足を運ばせて」

弥五左衛門がふり向いて、申しわけなさそうに頭を下げた。

「とんでもございません」

と男は手をふって、

「手前どものほうこそ、先生には一方ならぬお世話になっております。遅くなりましたが、例の稿料をお持ちいたしました」

弥五左衛門の前に膝《ひざ》をすすめ、手に提《さ》げてきた袱紗《ふくさ》包みをひろげた。中身は切餅四個（百両）である。

「ほう、今回は百両か」

「先生の著作は、まだまだ根強い人気がございます」

したたかな面《つら》がまえとは裏腹に、男の物腰はあくまでも低い。

「それは有り難いが……、丸菱屋、くれぐれもお上の目にとまらぬようにな」

「心得てございます。人目につかぬうちに手前はこれで」

一礼して、男はそそくさと出ていった。弥五左衛門は、百両の金子をわしづかみにするや、おもむろに立ち上がって床の間の掛け軸をはずした。裏に小さな隠し戸がある。戸を開くと、中に黒漆塗《くろうるしぬ》りの箱が置かれてあった。その箱の中に切餅をおさめて隠し戸を閉じ、元どおり掛け軸をかけると、弥五左衛門は文机の前に腰をおろした。

この男、本名を寺門良《りよう》という。弥五左衛門は通称である。号は静軒。水戸《みと》藩大吟味方・寺門弥八郎勝春《やはちろうかつはる》の次男として江戸で生まれた。寛政《かんせい》八年（一七九六）の生まれというから、今年四十六歳になる。苦労をしたせいか、実年齢よりはるかに老けて見えた。

静軒は、文化《ぶんか》五年（一八〇八）に父と死別して、母方の祖父母に育てられた。その後、山本北山《やまもとほくざん》の子緑陰《りよくいん》に儒学を学び、上野寛永寺《うえのかんえいじ》の勧学寮《かんがくりよう》で修業しながら、水戸藩への仕官活動をしたが成功せず、ついに官途《かんと》を断念して、みずからを「無用之人《むようのひと》」と称して浪人儒者となった。

天保二年（一八三一）、静軒三十五歳のときに書きはじめた随筆『江戸繁昌記《えどはんじようき》』が、大評判となって静軒の名は一躍高まった。

『江戸繁昌記』は、書名が示すとおり、江戸の繁昌を活写した随筆だが、単にその表層を描くだけにとどまらず、江戸の繁華をつくり出した根底をとらえ、それを鋭くえぐり出した文明批評になっているのである。「繁昌記物」のさきがけとなり、とにかく飛ぶように売れた。

天保五年（一八三四）には二編、三編、同六年には四編、同七年には五編が刊行されたが、翌八年、幕府の文教をつかさどる林大学頭述斎《はやしだいがくのかみじゆっさい》から、市中の風俗俚言《りげん》を記した「敗俗之書」であると指弾され、発禁処分となった。ちなみに林述斎は、南町奉行・鳥居耀蔵の実父である。

静軒は、幕府の厳しい弾圧にも屈せずに執筆をつづけたために、ついに「武家奉公御構《おかまい》」の処分を受けて、江戸を追われた。

静軒が江戸から姿を消したあと、巷には武州や上州、越後、信州などを放浪しているとの風説が流れたが、じつは、寺沢弥五左衛門の変名を使ってひそかに深川に隠棲していたのである。

静軒の『江戸繁昌記』は、発禁処分になったあとも、厳しい取り締まりの目をくぐって地下出版され、版を重ねて明治まで刊行されたという。さきほど訪ねてきた男は、『江戸繁昌記』を地下出版している、尾張《おわり》町の板元『丸菱屋』の主人・久兵衛《きゆうべえ》であった。なかなか腹の据わった男で、

「たとえ手前の首が飛んでも、寺門先生にはいっさいご迷惑はおかけいたしません」

と豪語してはばからなかった。

その『丸菱屋』から半年ごとに届けられる巨額の稿料は、寺沢弥五左衛門こ

と、寺門静軒の潤沢な資金となり、「闇の殺し人」たちの仕事料にあてられていたのである。

がらり。

玄関の戸が開く音がした。

文机に向かっていた弥五左衛門は、しずかに筆をおいて振り返った。音もなく襖が開いて、敷居ぎわにうっそりと男が立った。直次郎である。

「仙波どの」

べつに驚いた様子も見せず、弥五左衛門はおだやかに笑って直次郎を招じ入れた。むしろ直次郎のほうが拍子《ひようし》抜《ぬ》けするほど、従容《しようよう》とした態度だった。

「そろそろ現れるころだろうと思っていましたよ」

「と申されると？」

「あなたは南町一の腕利《き》き同心といわれたお人、手前の住まいを探し当てることぐらいは朝飯前でしょう。じつのところ、わたしは待っていたのですよ、あなたが現れるのを。こちらから連絡《つなぎ》をとらなかったのは、そのためです」

「ずいぶんと念の入ったことですな」

直次郎が皮肉に笑った。

「小夜から聞いたのですね。この場所を」

「なぜそれを？」

「あの女は情にもろい。それが唯一の欠点です」

「おどろきましたよ。寺門静軒どのが深川に隠れ住んでいたとは。しかも『闇の殺し人』の元締めにおさまっていたとはね」

一拍の間があった。

「ご承知のように、わたしは幕府からお咎《とが》めを受けて、官途を絶たれた人間です。その上、わたしのたった一つの武器である筆も権力にへし折られました」

「…………」

「つまり、丸裸にされて世間からはじき飛ばされた人間なのです」

「なるほど。みずから『無用之人』って名乗ったのは、そういう意味ですかい」

弥五左衛門の顔にふっと笑みがわいた。

「わたしの著作をお読みになったのですね」

「発禁になる前に」

「あれは決しておのれを卑下《ひげ》したわけではありません。むしろ、わたしは『無用之人』であることを誇りに思っています。無用の人間には、何者にも束縛されない自由があります。権力に楯突《たてつ》く自由、法を破る自由、悪人を懲《こ》らしめる自由、そして」

「鬼手仏心も……？」

「さよう。この国はいま、危殆《きたい》に瀕《ひん》しています。病んでいます。その病を治すには鬼手仏心、すなわち外科手術をほどこすしか法はない。そして、それができるのは無用の人間だけなのです」

「その伝でいけば……」

直次郎がほろ苦く微笑《わら》った。

「おれも『無用之人』ってことになる」

「まさに」

「無用之人」とは、権力の束縛から解き放たれて自由を得た人間、という意味でもある。弥五左衛門の話を聞きながら、直次郎は存外、「無用之人」という言葉が気に入っていた。

「これで得心がいかれましたかな？」

「ようやく、あんたの姿が見えてきましたよ」

「お互いに」

弥五左衛門が満足そうにうなずいた。

「もう一つ、訊きますが」

「何なりと」

「頼み人は、直接あんたのところへ仕事を依頼してくるんですかい？」

「いえ、半次郎が拾ってくるのです。『江戸繁昌記』のネタ探しのついでに」

連絡役の半次郎は、著述家・弥五左衛門（静軒）の助手であり、取材記者でもあった。取材の過程で遭遇した事件を、半次郎が子細に調べあげ、それをさらに弥五左衛門が検討した上で、『闇の殺し人』たちに指令が下される仕組みになっていたのである。

「つい先ごろも、半次郎がこんな事件を拾ってきましてね」

文机の上の料紙《りょうし》を一枚とって、直次郎の前に差し出した。びっしりと文字が記されている。半次郎からの報告書である。そこに書かれている事件は、時の権力者・水野越前守忠邦が推進する政事改革と無縁ではなかった。

水野が発布した改革令のひとつに「旧里帰農令《きゅうりきのうれい》」というのがある。天保期に入って、旱魃《かんばつ》や蝗害《こうがい》などによる全国規模の飢饉《ききん》が相次いだために、田畑を捨てて江戸に流れ込んでくる、いわゆる潰《つぶ》れ百姓や無宿者たちがあとを絶たず、江戸の人口は膨張の一途をたどっていた。

そうした難民を救済するために、幕府は神田佐久間《さくま》町河岸に「お救い小屋」を建てて難民を収容し、生活困窮者には町会所積金から米銭を支給するという緊急対策を講じた。その受給者は六万七千七十三人にのぼったという。

そのほかにも、米問屋の独占を撤廃し、諸大名に対して江戸への廻米を督励《とくれい》、さらには幕府みずからが買銭を行って銭相場を引き上げ、米価の高騰に歯止めをかけようと必死の対策を打ったが、それにもかかわらず米価の下落の兆候はみられず、難民の困窮は一向に改善されなかった。そこで老中・水野忠邦は窮余《きゅうよ》の一策として「旧里帰農令」を発布した。

過去数年間に江戸に入府《にゅうふ》し、身寄りもなく、裏店《うらだな》住まいをしている者などを、徹底的に洗い出し、それぞれの郷里（旧里）に強制的に帰郷（帰農）させるこの政策を、俗に「人返し」といった。

これこそが江戸の人口を減らし、農業生産を高める一石二鳥の妙策である、と水野忠邦は自画自賛したが、肝心の人別《にんべつ》改め（戸籍調査）を町名主や家主などの民間に委託したために、さほど実効は上がらなかった。

「じつは……」

と弥五左衛門が語をつぐ。

「『人返し』を請け負ったものの中に、相模屋重兵衛《さがみやじゆうべえ》という口入れ屋がおりましてね」

口入れ屋とは、私設職業斡旋所《あつせん》のことである。

その相模屋重兵衛が「人返し」を名目に、江戸に不法入府した離農民の娘たちを狩り集めて、あろうことか、岡場所の女郎屋に売り飛ばしているという。

「半次郎の調べによると、深川や本所《ほんじよ》回向院《えこういん》、上野山下などの岡場所に売られた女は、すでに十三人にのぼるそうです。中には前途をはかなんで身投げした娘もいるとか」

「なるほど、法の裏をついた新手《あらて》の女衒《ぜげん》稼業ってわけか」

「もちろん町奉行所は見て見ぬふりです」

「で、その仕事、誰がやることに？」

「万蔵に頼みました。半次郎の話によると、今夜決行するそうです」

「今夜？　そいつはまずい」

直次郎がふと眉を曇らせた。

「何か不都合なことでも？」

「いや、ちょっと気になる噂を耳にしたんでね」

「と申されると？」

「得体《えたい》のしれぬ浪人どもが、ひそかに『闇の殺し人』狩りをはじめたと」

そのことを伝えるためにここへ来たのだと、直次郎は付け加えた。弥五左衛門の顔から血の気が引いた。

「すでに動いているのですか、その連中は」

「と見て間違いねえでしょう」

例繰方の米山兵右衛から聞いた話だから、信憑《しんぴょう》性は高い。現に「闇の殺し人」と目されて殺された人間も何人かいる。

「ひょっとすると、裏で糸を引いているのは、奉行所かもしれませんぜ。念のためにおれが様子を見てくる。場所はどこですか」

せき込むように訊いた。弥五左衛門の口元が震えている。

「向島《むこうじま》の料理茶屋『金華楼《きんかろう》』……、です」

そう応えるのがやっとだった。直次郎はもう立ち上がっていた。

2

本所入江《いりえ》町の時の鐘が五ツ（午後八時）を告げはじめたときである。

料理茶屋『金華楼』の中庭の闇だまりに、音もなく黒影がよぎった。全身黒ずくめの万蔵である。ひらりと植え込みの陰に身をひそめ、闇の奥に目をこらした。

離れ座敷の障子に二つの影がゆらいでいる。その影の正体を万蔵はすでにつかんでいた。影の一つは口入れ屋の相模屋重兵衛、もう一つは深川石場《いしば》の岡場所の楼主である。他人に聞かれてはまずい話でもあるのか、酌女の影はなく、鳴り物も入っていない。ときおり甲高《かんだか》い笑い声がひびいてくるだけである。

万蔵がこの「仕事」を請けてから三日がたっていた。その三日間、ひたすら重兵衛の動きを追いつづけたが、用心深い重兵衛はまったくといっていいほど隙《すき》を見せなかった。人に会うときも、飯を食うときも、酒を飲むときも、必ず四、五人の屈強の若い衆が、影のように重兵衛の身辺に張りついていた。

今夜も四人の若い衆に警護されて『金華楼』にやってきた。その連中は別の部屋で待機しているのだろう。離れ座敷には重兵衛と岡場所の楼主の二人しかいない。二人のどちらかが席を外したときが勝負時である。万蔵はその機会を待った。

四半刻（約三十分）ほどたったとき、障子に映っていた影の一つがふらりと立ち上がった。

大柄な影である。重兵衛に違いなかった。万蔵は、すかさずふところから「縄《じょう》鏃《ぞく》」をとり出した。これは万蔵が考案した隠し武器で、革の細紐の端に鉄製の鏃《やじり》のようなものがついている。長さは七寸ほど、尖端が針のように鋭く尖《とが》っている。鏃というより手裏剣に似ていた。

縄鏃は細紐を引いて飛んでいくために、鏃の部分が回転せずに水平を保ったまま、確実に標的に突き刺さる。また使用後に細紐をたぐり寄せれば、暗闇の中でも回収が容易なので、殺しの現場に凶器《えもの》を残さぬという利点もあった。

ほどなく……

渡り廊下に重兵衛の姿が現れた。厠《かわや》に行くのだろう。体を小きざみにゆすりながら足早にやってくる。万蔵が身をひそめている植え込みから、渡り廊下まではおよそ八間（約十四メートル）、縄鏃の射程距離、すなわち紐の長さは十尋《ひろ》（約十八メートル）、十分ねらえる距離である。

母屋から酒を運んできた女中が、渡り廊下のほぼ真ん中あたりで重兵衛とすれ違い、離れ座敷のほうへ去っていった。

今だ！

立ち上がるなり、万蔵は縄鏢をぐるぐると振り回して弾みをつけると投擲《とうてき》した。一筋の銀光が音もなく闇を奔り、いましも渡り廊下から母屋の廊下に上がろうとした重兵衛の盆の窪に、寸分たがわず縄鏢の尖端がぐさりと突き刺さった。一瞬、重兵衛の動きが止まった。虚をつかれたように、ぽかんと宙の一点を見やったまま、声もなくゆっくり折り崩れた。

ひゅん。

万蔵が紐をしゃくって手元に引きよせた。重兵衛の首根から縄鏢が抜けて宙に飛んだ。それを素早くたぐり寄せてふところにねじ込むと、万蔵はひらりと翻身して闇の奥に走り去った。

離れ座敷の裏手に出た。建仁寺《けんにんじ》垣を跳び越えて路地に降り立ったとき、背後に女の悲鳴を聞いた。女中が重兵衛の死体を見つけたのだろう。入り乱れた足音がひびく。

万蔵は、三囲《みめぐり》神社の土塀に沿って走った。昼間は行楽客でにぎわうこの界隈《かいわい》も、さすがに夜ともなると人影が絶えて、もの寂しい静寂に領される。

土塀の角を曲がったときだった。おぼろ月夜の淡い闇の奥に、忽然《こつぜん》として二つの黒影がわきたった。万蔵は思わず足をとめて背後をふり返った。いつの間にか、そこにも二つの黒影が立っていた。万蔵の五官がただならぬ気配を看取した。肌を刺すような強烈な殺気である。闇を透《す》かして見ると、影たちはいずれも凶悍《きょうかん》な面がまえの浪人者だった。

万蔵の手がふところにのびた。

「貴様が『闇の殺し人』か」

押しつぶしたような声がひびいた。刹那《せつな》、万蔵の手から縄鏢が飛んだ。

きーん。

するどい鋼《はがね》の音とともに縄鏢がはじけ飛んだ。万蔵はすぐさま紐をたぐり寄せ、右手を高々とあげて紐を振りまわした。縄鏢がぶんぶんと音を立てて回転しはじめる。

前後の浪人が刀を構えて、じりじりと詰め寄ってくる。万蔵は縄鏢を振りまわしながら、やや腰を落として間合いを計った。背後の一人が足をすって剣尖《けんせん》を下げた。その一瞬の隙を逃さず、万蔵が縄鏢を投げた。尖端が浪人の右目を射ぬいた。

「わッ」

と悲鳴をあげてのけぞる。素早く紐を引きよせ、ふたたび回す。

「おのれ！」

前方の二人が同時に斬りかかってきた。すかさず縄鏢を投擲する。一人がそれを刀で払った。縄鏢の尖端が刀身にくるくるとからみつく。

万蔵は渾身《こんしん》の力で紐を引いた。だが、びくともしない。とっさに紐を放した。はずみで浪人は大きくのけぞり、ぶざまに尻餅《しりもち》をついた。その瞬間、もう一人が猛然と斬りこんできた。万蔵は横っ跳びにかわして、ふところから匕首《あいくち》を引きぬいた。

背後から斬撃《ざんげき》がきた。かろうじてそれをかわし、土塀を背にして身がまえた。三人の浪人が半円形に万蔵を取りかこむ。

一瞬、万蔵の脳裏に悔恨がよぎった。背後からの斬撃を防ぐために土塀を背にして立ったことが、逆にみずからの退路を断ち、絶体絶命の危機を招いてしまったのである。土塀の高さはおよそ六尺（約一・八メートル）、短軀の万蔵がこの塀を跳び越えるのは至難のわざだ。

浪人の一人が残忍な笑みを浮かべ、刀を上段に振りかぶった。

（来る！）

反射的に匕首をかざし、防御の体勢をとった。だが……、
斬撃は来なかった。振りかぶった刀を中空《ちゅうくう》で止めたまま、浪人は白目をむいてぎりぎりと歯噛《はが》みしている。その胸元に脇差《わきざし》の切っ先が飛び出していた。次の瞬間、どっと音を立てて朽木《くちき》のように倒れ伏した。度肝《どぎも》を抜かれて二人の浪人が振り返った。

「な、なにやつ！」

黒影が矢のように疾走してくる。直次郎だった。二人の浪人は道の左右に跳んで身構えた。走りながら直次郎も刀をぬいた。柄《つか》を逆手《さかて》ににぎり、刀を右脇につけている。

右の一人が腰を低くして、刀を水平に構えた。明らかに直次郎の足をねらった構えである。しゃっ。浪人が横に薙《な》いだ。間一髪《かんいっぱつ》、直次郎の体は宙に跳んでいた。跳びながら、右逆手に斬りあげた。浪人の首が血を噴いて舞い上がり、路傍の松の枝に当たって、ごろんと地面にころがった。胴体だけが突んのめるように

二、三歩前に進んで倒れた。

残る一人が素早く直次郎の背後に回りこみ、凄《すさ》まじい勢いで斬りつけてきた。振り向きざま、直次郎は袈裟がけに斬りおろした。斬るというより、叩きつけるような一刀である。ごつごつとあばら骨を断つ感触が両手に伝わってくる。切っ先は浪人の肩口から胸、脇腹を切り裂いた。着物の裂け目からおびただしい血が噴出し、白い肉片が飛び散った。

その浪人が倒れるのを待たず、直次郎は体を返した。縄鏢で右目を射ぬかれて地に伏していた浪人が、片膝をついて立ち上がろうとしている。その背中に拝《おが》み討ちの一刀を浴びせた。浪人は片膝をついたまま、横ざまに倒れた。

かたわらに脇差で背中をつらぬかれた浪人の死体がころがっている。直次郎は左手でその脇差を引きぬくや、二刀の血ぶりをして鞘《さや》におさめた。

「旦那！」

駆け寄ってくる万蔵に、直次郎が笑顔をむけた。

「間に合ってよかったな」

「旦那はなぜここへ？」

「元締めから聞いた。それより万蔵」

　するどい目で四辺を見回し、あごをしゃくって万蔵をうながすと、直次郎は足早に歩き出した。万蔵もあとにつく。

　二人は三囲神社の鳥居をくぐって、土手を登り、墨田堤《すみだづつみ》に出た。堤の両側には桜並木がつづいている。春にはみごとな花を咲かせ、花見の名所としてにぎわう場所である。

「ところで、旦那」

　歩きながら、万蔵が声をかけた。

「その恰好《かっこう》じゃ、町中は歩けやせんぜ」

「どういうことだ？」

「返り血が……」

「あ？」

　見ると、着衣が返り血でぐっしょり濡れている。

「こいつはひでえ」

「乾かねえうちに洗っといたほうがいいです。あっしの家に寄っていきやせんか」

「お前の家？」

「すぐこの先です」

万蔵の家は、南本所《みなみほんじょ》の番場《ばんば》町にあった。間口二間（約三・六メートル）ほどの、古びた小商人《こあきんど》の家である。

腰高障子を開けて一歩中へ入ると、三和土《たたき》の奥の板敷きに山のように古着が積まれていた。板壁にも色とりどりの古着がぶら下がっている。黴《かび》の臭いや古着にしみ込んだ異臭が、つんと鼻をつく。行燈《あんどん》に灯をいれた。その明かりの中に、万蔵の顔が浮かび上がった。禿《は》げあがった額、団子鼻《だんごばな》、唇が分厚く、狒々《ひひ》のような顔をしている。

初めて会ったときは獰猛《どうもう》な印象を受けたが、あらためて見ると、どことなく愛《あい》嬌《きょう》があり、存外古着屋の親父が板についている。

「古着を商っているのか」

「へえ。これがあっしの表向きの稼業でして」

といいつつ、古着の山をかき分けながら、直次郎を奥の部屋に案内した。その部屋で返り血を浴びた羽織と着物をぬがせると、万蔵はそれを持って、

「洗ってきやす」

と裏口から出ていった。家の裏手に井戸があるのだろう。ばしゃばしゃと水を流す音が聞こえてくる。

しばらくして、万蔵が洗い物を抱えてもどってきた。濡れた羽織と着物を柱と柱の間に張り渡した麻縄《あさなわ》にぶら下げ、手早く火桶《ひおけ》に炭火をおこす。その火で濡れた衣服を乾かすつもりらしい。直次郎は素肌の上に女物の古着の羽織をまとって、万蔵の動きを黙然《もくぜん》と見ている。

「乾くまで一杯やっておくんなさい」

万蔵が貧乏徳利《どくり》を持ってきて、茶碗についだ。

「すまねえな」

「礼をいわなきゃならねえのは、あっしのほうで。旦那のおかげで命びろいをしやした」

「万蔵」

茶碗酒をぐびりと喉《のど》に流しこんで、直次郎が険《けわ》しい顔で万蔵を見た。

「おめえ、誰かに尾《つ》けられなかったか」

「いえ」

「あの浪人どもは『闇の殺し人』狩りだ」

「闇の……」

といいかけて、万蔵はハッとなった。そういえば、確かに浪人の一人が「貴様が『闇の殺し人』か」と声をかけてきた。いま思えば、それも不可解である。あの浪人どもはなぜ自分の正体を知っていたのか。

万蔵の胸中を見透かしたように直次郎がいった。

「連中は前科者や無宿者《やどなし》を片っぱしから洗っている。たまたまその網の中に、おめえが入ってたのかもしれねえ」

「………」

万蔵は顔をしかめて沈黙した。浪人たちの標的にされた衝撃よりも、そのことに気づかなかったおのれの迂闊《うかつ》さを悔《く》いていた。

「だが」

直次郎が慰撫《いぶ》するようにいう。

「奴らは死んだ。あの四人のほかにおめえの素性を知るものはいねえだろう」

「だといいんですが」

「ま、とにかく、用心に越したことはねえ。これからは身のまわりに気をつけることだな」

「へえ」

「ところで万蔵」

直次郎が気を取り直すように、

「おめえの得意技ってのは何なんだ？」

「匕首と、これです」

ふところから縄鏃を取り出して、

「こうやって、鏃の下の細引きを右手で持って回しやしてね」

と、頭の上で縄鏃をぶんぶんと回転させ、パッと手を放した。縄鏃の尖端が矢のように飛び、二間（約三・六メートル）ほど先の板壁に止まっていた蛾《が》にぐさりと突き刺さった。

ほう、と思わず直次郎は感嘆の声をあげた。

「大した腕だな」

3

一片の雲もなく晴れ渡った空。

木々を彩《いろど》る萌葱《もえぎ》色の若葉。

まばゆいばかりの陽差し。

町のあちこちに初夏の気配が色濃くにじんでいる。

高木伸之介は、浅草平右衛門《へいえもん》町の道を歩いていた。顔色が冴《さ》えず、足取りも重い。

胸の底にふつふつとたぎるものがあった。連続殺人事件の探索差し止め、そして突然のお役替え。こんな理不尽《りふじん》が堂々とまかり通っていいものか。改めて激しい怒りがこみあげてくる。

どこへ、という当てもなく歩きつづけた。

諸色調掛にお役替えになってから、朝四ツ（午前十時）に奉行所を出て、日本橋や神田、浅草をひと回りして、暮れ七ツ（午後四時）に奉行所にもどるのが、伸之介の日課になっていた。

諸色調掛というのは、市中の商家をまわって、贅沢品を商っている店や、商品を不当な高値で売っている店などを摘発するのが、おもな任務である。

この役職が新設されてから、処罰者の数はうなぎ上りに増加した。今年二月の例をあげると、袋物屋五軒、鼈甲《べっこう》屋三軒、煙管《きせる》屋四軒、呉服屋・雪駄《せった》下駄《げた》屋・小《こ》切《ぎれ》屋・笠《かさ》屋各二軒、雛《ひな》屋・扇《おうぎ》屋・傘下駄屋・鉄物屋・半襟《はんえり》屋・人形屋各一軒、合計二十六軒が高価な品を売ったという科《とが》で、商品が封印され、主人たちは手鎖・町内預けに処せられた。

この四月には、たび重なる町触れにもかかわらず、高価な寿司を売ったという理由で、深川六間堀《ろっけんぼり》の松五郎《まつごろう》と伜《せがれ》・孫兵衛《まごべえ》ほか二名が過料五貫文を科せられた。現代の貨幣価値に換算すると十六、七万円に相当する。

また須田《すだ》町一丁目の庄兵衛《しょうべえ》ほか二十五名が、高価な雛菓子を見世《みせ》または屋台で売ったために、過料三貫文を申し渡された。ほかにも自宅に門を作り、座敷に長押《なげし》を作った大工が手鎖《てぐさり》に処せられたり、高価な品物を売った小間物屋と、それを買った表坊主《おもてぼうず》が過料、あるいは所払《ところばら》いなどに処されている。

廻り方の同心たちがこぞって禁令違反者の摘発に血道《ちみち》をあげる中、仲之介だけがいまだに一人の違反者も挙《あ》げていなかった。挙げるつもりもなかった。ただ商家の店先をのぞいて素通りするだけである。それが腐敗した上層部に対するせめてもの抵抗であり、反逆だった。

茅《かや》町一丁目の路地角にさしかかったとき、ふいに横合いから若い娘が出てきて、あやうくぶつかりそうになった。よけたはずみで、娘が抱えていた風呂敷包みを落とした。

「あ、すまん」

と包みを拾いあげて、

「お絹《きぬ》ではないか」

伸之介は思わず娘の顔を見た。日本橋の筆墨硯《ひっぼくすずり》問屋『宇野《うの》屋』の娘・お絹である。

「伸之介さま！」

お絹もびっくりしたように伸之介を見返した。歳のころは十八、九。眸《ひとみ》の大きな愛くるしい顔をした娘である。『宇野屋』は父の代から懇意にしていた店で、昔から家族ぐるみの付き合いがあったが、父が亡くなったあとは交流が途絶えていた。お絹とは五年ぶりの再会である。

「買い物か」

「ええ、茅町の紙問屋『美濃屋』さんで仙花紙《せんかし》を買ってきた帰りです」

「まっすぐ家に帰るのか」

「はい」

「じゃ、途中まで送っていこう」

二人は肩を並べて歩き出した。歩きながら、仲之介はまぶしそうにお絹の顔を見た。

「しばらく逢わぬ間に、すっかり大人になったな」

「仲之介さまもご立派になられて……。いまはどんなお役職を？」

「商人《あきんど》の仇役《かたき》さ」

自嘲するようにいった。

「諸色お調べ掛りですか」

「お前のところにも来るだろう。鵜《う》の目鷹《たか》の目の役人どもが」

「でも、うちは地味な商売ですから」

「安心はできんぞ。何かと難くせをつけて目こぼし料をせびり取るのが連中のやり口だ。断れば何をされるかわからん」

「仕方ありません。お役人さまには勝てませんから」

といって、お絹は悲しげに目を伏せた。

「おれもその役人の一人だと思うと情けなくなってくる」

真底そう思った。できればすぐにでも辞めたいと思う。だが、現実にそんなことができるわけはなかった。辞めれば高木の家名は断絶し、禄米《ろくまい》や組屋敷は召し上げられ、老いた母親をかかえて路頭に迷うことになる。現状に山ほど不満はあるが、結局のところあきらめるしかなかった。あきらめて流されるだけである。

仲之介がふと足をとめた。辻角に茶店がある。

「よかったら、茶でも飲んでいかんか」

「ええ」

二人は茶店の床几《しょうぎ》に腰をおろして、茶と串団子を注文した。そのとき、茶店の前を足早に通りすぎていった男がいたことに、仲之介は気がつかなかった。

辻を曲がって姿を消したその男は、『備前屋』の息子・秀次郎だった。

(あぶねえ、あぶねえ)

辻を曲がるなり、秀次郎は一目散に走り出した。心ノ臓が早鐘《はやがね》のように高鳴っている。一丁(約一〇九メートル)ほど走って足をとめ、用心深く背後を振りかえった。追ってくる気配はない。秀次郎はホッと胸をなでおろした。と同時に、改めて仲之介に対する怒りと憎悪がむらむらとわいてきた。

(あいつは、おれを大番屋にぶち込みやがった)

根深い怨みが秀次郎の胸にこびりついている。

父親が奉行所に手をまわしてくれたおかげで放免になったものの、あの薄汚い大番屋の仮牢に一晩留めおかれたときの恐怖と屈辱は、忘れたくても忘れられなかった。

仮牢には、人相の悪い男が三人収監されていた。いずれも押し込みや追剥《おいはぎ》を働いた凶悪犯だった。男たちの突き刺すような視線が恐ろしくて一睡《いっすい》もできなかった。まさに地獄の一夜だった。あとで知ったことだが、三人の男たちは二日後に死罪に処せられたという。もし、親父が助けてくれなければ、自分も同じ運命をたどっていたにちがいない。そう思うと背筋に冷たいものが奔《はし》った。

「もう二度と馬鹿な真似《まね》はするんじゃねえぜ」

解き放ちになったとき、定町廻りの片桐十三郎が、大番屋の柵門《さくもん》の前でそういった。

――馬鹿な真似？

あれがなぜ〝馬鹿な真似〟なんだ、と秀次郎は腹の中で反問した。娘を犯して殺すという行為に馬鹿も利口もないだろう。人間は腹が空いたら飯を食う。食うものがなければ盗んでも食う。それと同じように、淫欲《いんよく》がわいたら女を抱く。合意のままにならない女は、腕ずくで犯す。合意の上で女を抱こうが、金で女を買おうが、やることは同じではないか。

そこまで考えたとき、秀次郎の思念は唐突に別なところへ飛んでいた。

(そもそも、あの娘がいけねえんだ)

最初に殺したお恵という娘のことである。

あの日の夜、秀次郎は京橋の居酒屋で酒を飲んだ帰りに竹河岸《たけがし》を歩いていた。

時刻は六ツ半(午後七時)を少し回っていただろうか、やけに月が明るい夜だった。

前方から若い娘がやってきた。神田花房町の指物師の娘・お恵である。すれ違いざま、お恵が秀次郎の顔をちらりと見てかすかに笑った。いや、笑ったように見えた。

「おい」

と呼びとめた。

お恵がけげんそうに足をとめて振り向いた。

「おれの顔を見て笑ったな?」

「あたし、笑ってなんかいません」

「とぼけるな。何がおかしくて笑ったんだ?」

「妙ないいがかりはやめてください!」

突き放すようにいって、お恵が立ち去ろうとすると、秀次郎が凄い形相《ぎょうそう》で、

「待て」

と手を取って引き寄せた。

「おれの顔がそんなにおかしいか？」

「何するのよ。助平《すけべい》！」

その一言が秀次郎を逆上させた。

「ぬかしやがったな！」

走って逃げるところへ躍りかかってお恵の口をふさぎ、川原の草むらに押し倒した。必死に抵抗するお恵の口に手拭《てぬぐ》いを押し込み、荒々しく着物の下前をはぐった。むき出しになったお恵の下半身が、白い月明かりにさらされてつややかに耀《かがや》いている。

秀次郎は、けだもののようにお恵を犯した。腰を振りながらお恵の首を両手で絞めあげる。絞めるたびに秘孔の肉ひだが引きつるように収縮する。その感触がたまらなかった。かつて経験したことのない峻烈《しゅんれつ》な快感が、稲妻のように体の芯をつらぬいた。秀次郎は一気に欲情を放出した。同時にお恵は絶命した。

一物を引きぬくと、秀次郎はお恵の死体を引きずって、京橋川に投げ捨てた。

その死体が下流の桜川に流れて、翌朝、川舟の船頭に発見されたのである。数日たっても、秀次郎はあの峻烈な快感が忘れられなかった。お恵がもだえ苦しみながら死んでいく瞬間のあの感覚は、百戦錬磨《れんま》の遊女が閨技《けいぎ》のかぎりをつくしても、決して得られることのない快楽の極致だった。

——あの快感をもう一度味わってみたい。

体の奥底から突きあげてくる欲望を、秀次郎は自制することができなかった。二人目の犠牲者が出た。通旅籠《とおりはたご》町の荒物屋の娘・お由《よし》である。このときから、秀次郎は娘を「犯す」ことより、「殺す」ことに快感を覚えるようになった。そして、その異常さは第三、第四の犯行に現れた。殺したあとで犯す死体凌辱《りょうじょく》、すなわち「死姦」である。

この鬼畜にもとる所業を、秀次郎は少しも異常だとは思っていない。「心の病」といってしまえばそれまでだが、最悪なのは父親・惣右衛門の対応だった。

「秀次郎は病んでいる。病んでいる人間に善悪の弁別《べんべつ》はない。好きなようにやらせておくがいいさ」

これは番頭にいった言葉である。何やら現代《いま》の刑法にも通じるような論法だが、だからといって「好きなようにやらせておけ」というのは論外であろう。息子の異常な行為を容認し、金力にものをいわせてその罪をもみ消すという惣右衛門のやり口こそが、むしろ異常といえた。

4

「お帰りなさいまし」

ふらりと入ってきた秀次郎を見て、『備前屋』の奉公人たちがいっせいに頭を下げた。秀次郎はにこりともせず、乱暴に草履《ぞうり》をぬぎ捨てると、ずかずかと奥へ去っていった。

廊下で茶盆をもった女中とすれ違った。

「誰か来てるのか？」

「はい。お客さまが」

「客？」

「富五郎さんと大槻《おおつき》さまです」

「ふーん」

気のない顔でうなずき、秀次郎は自室に入っていった。

奥の客間では、三人の男が密談していた。惣右衛門と地回りの富五郎、そして肩幅の広い、がっしりした体軀の浪人・大槻源十郎《げんじゅうろう》である。大槻は『備前屋』が雇った十五人の浪人たちをたばねる、いわば自警団の首領格の男だった。

昨夜、向島の料理茶屋『金華楼』のちかくで、四人の浪人が何者かに斬殺されたという報《しら》せは、三人の耳にもすでに入っていた。殺された四人は本所横網町の貸家に住まわせた浪人たちである。

「四人の先生方には、お気の毒なことを」

惣右衛門が沈痛な顔で頭を下げ、その四人の代わりに別の浪人を補充しましょうか、と訊《たず》ねると、

「それにはおよばぬ」

大槻がにべもなく応えた。

「頭数をそろえればよいというものでもあるまい」

「では、いまの人数で十分だと？」

「わしはもっと減らしてもよいと思っている。いまの手勢《てぜい》でも使えるのはせいぜい七、八人。あとは無駄飯を食わせているようなものだ」

「申し訳ありやせん」

富五郎がぺこりと頭を下げた。市中にたむろしていた浪人を手当たりしだいにかき集めてきたのは、この富五郎である。

「あっしら町人には、ご浪人さんの腕前まではとても見ぬけませんので」

「ま、無理もあるまい。わしらとて、見かけだけでは相手の技量は計れぬ。刀をぬいて向き合ったときに、初めて彼我《ひが》の腕が計れるのだ。どうやら、昨夜の四人には相手の技量が見えなかったらしい」

といって、ふっと嘲《あざけ》るような笑みを浮かべた。

大槻源十郎は下総《しもうさ》の出である。父の源左衛門《げんざえもん》は下総結城《ゆうき》藩・水野《みずの》家一万八千石の家臣であった。結城藩は元禄《げんろく》十六年（一七〇三）、藩祖水野勝長《かつなが》が立藩した譜《ふ》代小藩《だいしょうはん》である。

いまから十七年前の文政《ぶんせい》八年（一八二五）、藩の普請《ふしん》奉行をつとめていた父が城門修築工事にからむ汚職事件に連座して切腹、家は改易《かいえき》となった。源十郎、十五歳のときである。その後、遠縁の家を転々とたらい回しにされた源十郎は、十八のときに上州《じょうしゅう》高崎《たかさき》の馬庭念流《まにわねんりゅう》道場に入門して剣の腕をみがいた。

それから江戸に出てくるまでの数年間、源十郎がどこで何をしていたのか、知るものは誰もいなかった。だが、その風貌《ふうぼう》を見れば、かなりの修羅場《しゅらば》をくぐってきたであろうことは想像にかたくない。眉間《みけん》に深い縦じわをきざんだ顔には暗い険《けん》があった。人斬り特有の殺伐《さつばつ》とした険相《けんそう》である。

「それにしても」

惣右衛門が眉宇《びう》を寄せていう。

「ただ者ではございませんな。四人の先生方を斬った者は」

「武士の仕業《しわざ》だ」

大槻が断言した。斬られた四人の死体の状況は本所の岡っ引から聞いて知っていた。得物《えもの》が刀であることは間違いない。

「お侍、ですか」

惣右衛門が訊きかえした。

「むろん、あるじ持ちではない。腕の立つ浪人者だ」

正規の武士が非合法の「闇の殺し人」に加わることはあり得ない、と大槻は考えたのだ。

「まずその男を洗い出すのが先決であろう」

「わかりやした。それらしい浪人者を虱《しらみ》つぶしに当たってみやす」

富五郎が応えた。

「今後のことはいっさい大槻さまにお任せいたしますので、一つよしなに……」

惣右衛門が低頭すると、

「備前屋」

大槻が向きなおった。

「人数が減った分だけ、わしの手当てを増やしてもらえぬか」

「承知いたしました」

と腰をあげて、違い棚の上の金箱から小判を四枚取り出して、大槻の前においた。

「四人分を上乗せさせていただきます」

「うむ」

鷹揚《おうよう》にうなずいて、四枚の小判を無造作にふところに押し込むと、大槻は右脇においた二刀をつかみ取って立ち上がり、軽く一礼して部屋を出ていった。それを苦《にが》い顔で見送りながら、惣右衛門は深々と吐息をついた。

「やれやれ、物入りなことだ……」

秀次郎の放免と引き換えに、同心支配役与力の仁杉与左衛門から「闇の殺し人」狩りを押しつけられてやむなく引き受けたものの、実のところ、惣右衛門はこの仕事をもて余していた。浪人たちの手当てだけでも月々十五両かかる。それに貸家の賃料や日々の食い扶持《ぶち》を加えると、月に二十数両の出費になる。これがかなりの負担になった。

本来、奉行所がやるべき仕事を一商人に肩代わりさせるというのは、どう考えても道理に合わない。しかも、「闇の殺し人」を根絶やしにしないかぎり、この仕事は果てしなくつづくのである。そうした不満と先行きへの不安が惣右衛門を苛立《いらだ》たせていた。

浅草寺《せんそうじ》観音堂《かんのんどう》の裏手に「奥山」と里称《りしょう》する江戸屈指の盛り場があった。享保《きょうほう》のころ、吉原遊廓《よしわらゆうかく》の遊女に桜の株を寄進させて、その一本一本に源氏名をつけさせたのが評判となり、「奥山の千本桜」として浅草の名物の一つとなったが、長い歳月の間にほとんどが枯死《こし》してしまい、いまはその面影もない。

代わりに「奥山」の名物となったのは、よしず張りの水茶屋、揚弓《ようきゅう》場、小屋掛けや露天の見世物などである。

観音の見世物
奥の山で出し

と川柳《せんりゆう》にあるように、奥山は軍書講釈、辻講釈、綾《あや》とり、独楽《こま》回し、居合抜きなどの大道芸で身すぎ世すぎをする、浪人者のたまり場としても知られていた。

その浪人の中に、永井九郎兵衛《ながいくろべえ》と称する居合の達人がいた。歳のころは四十二、三。出自《しゆつじ》も素性も不明である。木台の上に饅頭《まんじゆう》をのせた皿をおき、その皿を割らずに饅頭だけを真っ二つに切る、という居合技が評判をよんでいた。

その日の夕刻、永井九郎兵衛は一日の仕事をおえて帰途についた。住まいは奥山からほど近い待乳山《まつちやま》下の長屋である。奥山の北側には広大な田畑がひろがっている。野道にさしかかったときだった。夕闇の奥にうっそりとたたずむ人影を見て、永井は不審げに足をとめた。

「わしに何か……？」

人影がゆっくり歩み寄ってくる。大槻源十郎だった。

「死んでもらおう」

「なにッ」

大槻の手が刀の柄頭《つかがしら》にかかった。

「ま、待て！　ひ、人違いではないのか！」

「闇の殺し人……、といっても応えるわけはあるまいな」

「な、何のことか、わしにはさっぱり」

「おぬしほどの腕なら、四人の浪人を叩き斬るのは造作もなかろう」

「知らん。身に覚えのないことだ！」

「問答無用！」

叫ぶなり、抜きつけの一閃《いっせん》を放った。だが、さすがに居合の達人である。一寸の見切りで切っ先をかわすと同時に、永井は横に跳んで抜刀していた。

「やるな」

大槻の目がぎらりと光った。右足《うそく》を引いて刀を水平に構える。永井は下段に構えて足をすり、わずかに横に移動する。

「ひ、引いてくれ。おぬしの遺恨《いこん》を受ける覚えはない」

「近頃、金まわりがいいと聞いた。大道芸だけの稼ぎではあるまい」

永井の顔にふっと軽侮《けいぶ》の笑みが浮かんだ。

「そうか。金が欲しいのか」

「見くびるな」

ひゅっ、と横に薙《な》いだ。それを下からはじき返す。刃と刃が激しく交わり、夕闇に火花が散った。永井は一間ほどうしろに跳びすさって、肩で荒く息をついた。

「た、頼む。引いてくれ。わしには病身の妻がいる」

「それゆえ、金がいる。……裏稼業に手を染めた理由は、それか？」

「話にならん！」

業《ごう》を煮やして、今度は永井のほうから斬り込んでいった。するどい鋼《はがね》の音とともに、刀身がまっ二つに折れて宙に飛んだ。その瞬間に大槻の刃が永井の肩に食い込んでいた。

「うッ」

と、うめいたまま永井の動きがとまった。

「こんな安物の刀では、皿の上の饅頭は切れても人は斬れんぞ」

肩に食い込んだ刀をぐいと引き下げた。ぶつんと血管《ちくだ》が切れる音がして、すさまじい勢いで血潮が噴きあがった。そのまま一気に斬り下げる。あばらを断ち、脇腹をえぐる。そこからも血が噴出した。腹の裂け目からどろどろと臓物が流れ出す。

永井は信じられぬ顔で、流れ出した臓物を腹の中に押し込みながら、

「な、なぜだ？」

かすかにつぶやいた。すでにその顔からは血の気がうせ、死相がただよっている。

「わしに出会ったのが不運だと思え」

冷然といいはなち、刀身の血を懐紙でぬぐいとって鞘に納めると、大槻は何事もなかったように平然と背をかえした。背後でどさっと音がした。永井が朽木のように倒れ伏していた。

大槻たちが手にかけた浪人者は、これで四人目だった。いずれも「剣の腕が立つ」という理由だけで殺されたのである。もはや「闇の殺し人狩り」は、その目的を大きく逸脱して、無差別の「浪人狩り」と化していた。

5

「そのへんで軽く一杯やりませんか？」

背を丸めて歩いていた米山兵右衛が、亀のように首を伸ばして、直次郎を見上げた。

奉行所からの帰り道である。

「『定八《さだはち》』はどうですか？」

直次郎が訊きかえす。

「結構ですな」

『定八』は、白魚橋の北詰めにある居酒屋である。亭主の定八は漁師上がりの板前で、うまい魚を安く食わせるという評判の店だった。

時刻が早いせいか、店内は空《す》いていた。二人は店の一隅《いちぐう》の席に腰をおろし、銚子二本と肴《さかな》を注文した。この時季の旬は、なんといっても白魚《しらうお》である。とくに『定八』の場合は、近くに白魚屋敷があり、顔なじみの漁師から新鮮な白魚が安く手に入る。むろん二人が注文したのも白魚の小鉢だった。俗にいう〝おどり食い〟である。

ちなみに白魚屋敷とは、毎年将軍家に白魚を献上する佃島《つくだじま》の網元十二人の請願によって、享保四年（一七一九）に幕府から下賜《かし》された土地に蔵を建てたところから、その名がついたという。

「やはり旬の白魚は絶品ですな」

何度もおなじ言葉を吐きながら、兵右衛はうまそうに白魚を食った。酒はほと

んど飲んでいない。何やら嬉しそうな顔で、

「どうぞ、どうぞ」

と直次郎に酌をする。いつになく上機嫌である。

「何かいいことでもあったんですか？」

さりげなく訊くと、兵右衛は照れくさそうに半白《はんぱく》の頭をぼりぼりとかいて、

「じつは、近々、娘に孫ができるんです。初孫が」

「ほう、それはおめでたいことで」

兵右衛のひとり娘・美和《みわ》は、二年前に幕府の吟味方改役・中瀬数馬《なかせかずま》のもとに嫁《とつ》いでいた。中瀬家は役高百五十俵の御目見《おめみえ》、すなわち小身の旗本である。

数馬は妻の美和とともに、よく兵右衛の組屋敷を訪ねてきた。その折りに直次郎も何度か会ったことがある。折り目正しい誠実な男だった。兵右衛にとっても自慢の娘婿《むすめむこ》である。

「時のたつのは早いものですな。あのお美和ちゃんが母親になるとは」

直次郎がしみじみという。

「それだけ私も歳をとったということですよ」

「お互いに」

と笑って、

「で、ご出産の予定は？」

「来月のなかばごろだといっておりました」

「そうですか。それは楽しみですな」

「このところ陰惨な事件ばかりつづいてましたからねえ。久しぶりに何かこう、ほっとするような、晴れやかな気分になりましたよ」

「わかります。わかります」

「内祝いと申しては何ですが、今日は私が持ちますので、遠慮なくやってください」

「いえ、そういうわけには……」

「まま、どうぞ」

と酌をする。それを受けながら、直次郎がふと真顔になって、

「ところで、闇の殺し人狩りはどうなりましたか？」

兵右衛の顔から笑みが消えた。

「妙な風向きになってきましたよ」

「というと？」

「連中は市中の浪人者に的をしぼったようで」

言葉がため息で途切れた。直次郎は射すくめるように見ている。

「この五日ばかりの間に四人の浪人が殺されています」

「ほう」

例繰方の兵右衛のもとには、廻り方同心から日々、報告が上がってくるので、奉行所内では誰よりも早く、しかも正確な情報を入手することができた。

「裏で糸を引いているのは奉行所だという噂もありますが、ここまで話が込み入ってくると、私にもさっぱりわけが分かりません。ただの殺し合いですよ、これは」

その殺し合いの原因を作ったのは、ほかならぬ直次郎である。あらぬ疑いをかけられて殺された浪人たちには、気の毒としかいいようがないが、「闇の殺し人狩り」が彼らに目を向けているかぎり、当分、自分たちの身は安全だと思った。

話は、他愛《たあい》のない世間話に移った。すでに四本の銚子が空いている。そのほとんどは直次郎が飲んだものである。

「さて、そろそろ」

と兵右衛が腰をあげ、直次郎が制するのも聞かず、酒代を払って店を出た。

外は、もう夜のとばりに包まれている。

「ご散財をおかけしました」

「とんでもない。久しぶりに楽しい酒でしたよ」

「私、ちょっと立ち寄るところがありますので、ここで失礼いたします」

「はあ、では……」

白魚橋のたもとで兵右衛と別れ、紅葉川《もみじ》に沿って北に足をむけた。宵風がふんわりと頬をなでてゆく。正直なところ飲み足りなかった。兵右衛が酒代を払うというので遠慮したためである。やはり酒は自分の金で心おきなく飲むのがいい。しばらく考えたあと、柳橋の船宿『卯月』に行こうと思い、江戸橋をわたった。

本舟町《もとふね》にさしかかったところで、直次郎はふいに足をとめた。本舟町と伊勢町の間の路地から、女が足早に出てきた。紺の半纏《はんてん》に木賊《とくさ》色の股引きといういでたちである。

（小夜じゃねえか）

こんな時分にどこへ行くのだろう、といぶかりながら、小走りにあとを追った。

小夜は、道浄橋《どうじょう》をわたって右に折れた。広い道が東をさして真っすぐ延びている。道の左側は堀留《ほりどめ》町、右側は小舟《こぶな》町である。日本橋の魚河岸に近いこともあって、この界隈には船積《ふなづみ》問屋や鰹節《かつおぶし》、海苔《のり》、乾物《かんぶつ》などを商う海産物問屋が多い。

問屋のほとんどは、すでに大戸を降ろしていたが、飲み食いを商う小店には皓々《こうこう》と明かりがともっていた。煮売り屋があり、小料理屋があり、飯屋があった。その明かりにさそわれるかのように、仕事をおえたお店者たちがあちこちから続々と集まってくる。

堀留二丁目の角で、小夜に追いついた。

「おい」

と声をかけると、小夜はびっくりしたように足を止めて、振り向いた。

「旦那」

「どこへ行くんだ」

一瞬のためらいのあと、

「この装《な》りを見れば分かるでしょ」

そっけなく応えて、小夜は歩き出した。直次郎もかたわらにぴたりとついていく。

「仕事か」

「まあね」

「いま動くのはやばいぞ」

「やばい？」

「元締めから聞かなかったのか」

「何を」

「『闇の殺し人狩り』のことだ」

「ああ」

小夜はまったく意に介していない。そういう声であり、表情だった。

「やばいのは先刻承知さ。自分の命を惜しんでたら、人の命は取れないからね」

「そいつは妙な理屈だな」

「何が妙なのさ」

「人の命は金でやりとりできるが、てめえの命は金で買えねえ。買えねえ命を張って金を稼ぐってのも妙な話じゃねえか」

「今夜の仕事は、お金のためじゃない。ある人の供養《くよう》のためにやるんだよ」

声が尖《とが》っている。

「平たくいえば、仇討《あだう》ちさ」

直次郎の足がとまった。かまわず小夜はどんどん歩いていく。

「仇討ち？」

ふたたび追って、背中越しに声をかけた。

「小夜」

「よかったら、くわしい話を聞かせてもらえねえか」

「それはできないね」

そっけない応えが返ってきた。歩度が速まっている。追いながら訊きかえした。

「なぜできねえんだ」

「仲間内でも仕事の中身は洩《も》らしてはならない。それがあたしたちの掟《おきて》なんだよ」

「掟なんざどうでもいい。話によっちゃ、おれが助っ人《すけと》してやってもいいんだぜ」

「旦那」

ふいに足をとめて振り返った。切れ長な目に剣呑《けんのん》な光がたぎっている。

「お願いだから、ほっといておくれよ」

突き放すようにいって、小夜は脱兎《だつと》のごとく走り出した。

「小夜！」

数間追って、直次郎はすぐにあきらめた。恐ろしく速い足である。追ったところで、とても追いつけまいと思った。あっという間に小夜の姿は闇の奥に消えていた。

——仇討ち。

その言葉が気になった。小夜は奥州梁川の出である。江戸には身寄りも知人もいないはずだ。いったい誰の仇討ちをしようとしているのか。どうしてもそのことが気になって、直次郎は深川に足をむけた。

直次郎が訪ねたのは、堀川町の寺沢弥五左衛門の家だった。

「何か急な用件でも？」

文机《ふづくえ》に向かっていた弥五左衛門が、おだやかな笑みを浮かべて振り向いた。その前に腰をおろすなり、直次郎はせき込むようにいった。

「ここへ来る途中、小夜に会いましたよ」

「ほう」

「誰かの供養だの、仇討ちだのと物騒なことをぬかしてたが、元締めはそのことをご存じなんで？」

「知っています。あれは小夜が自分で持ち込んできた仕事です」

「自分で？」

「もちろん、私は断りました。先日の一件もありますからね。しばらく仕事は差し控えたほうがいいと」

「じゃ、小夜は独断で？」

「私から指示はいっさい出しておりません」

「仇討ちってのは、どういうことなんですか？」

「四日前に浅草の鳥越《とりごえ》で火事騒ぎがあったのをご存じですか」

「いや」

「『千鳥《ちどり》』という小料理屋から火が出ましてね」

その店は全焼し、焼け跡から女将《おかみ》の焼死体が発見されたという。現場の検証にあたった町方役人は、竈《かまど》の火の不始末による失火と断定したのだが……、

「火が出たのは明け方ちかくだったそうです。竈の火の不始末にしては、出火までに時がたちすぎてますし、それに『千鳥』の女将は几帳面《きちょうめん》な女で、寝る前に

は必ず火の始末をしていたというのです」

「小夜がそういったんですか」

「ええ」

「しかし、小夜はなぜそのことを……？」

「二年前に初めて江戸に出てきたとき、身寄りのない小夜の面倒をみてくれたのが、その女将なのです」

「なるほど」

そういえば、小夜は鳥越の小料理屋で働いていたといっていた。

「元締めと知り合ったのもその店だったと」

「ええ、行きつけの店でしたから、女将のことは私もよく知ってます。名はお栄《えい》。気っぷのいい、人情肌の女でしたよ」

小夜にとっては姉のような存在でもあり、ときには母親のような存在でもあったという。

「あの火事は失火ではありません。付け火です」

「付け火？」

「火をかけた男の目星もついている、と小夜はいっておりました」

「何者なんですか？　そいつは」

「定火《じょうび》消《け》しのガエンだそうです」

「ガエン？」

直次郎が瞠目《どうもく》した。

定火消しとは、幕府直属の消防組織のことで、その組織に属する火消し人足をガエンといった。「臥煙」または「臥莚」と書く。町火消しの鳶《とび》の者たちは民間人だが、ガエンは幕府の支配下にあり、年給は二貫四百。いわば下級公務員である。あろうことか、そのガエンが火を付けたとは……。

「名は、伊佐次《いさじ》。お栄の情夫だそうです。いや、だったそうです」

「だった？」

「ひと月ほど前にその男とは別れたといっておりました。くわしいいきさつは私も知りませんが、『千鳥』に火をかけて、お栄を殺したのは伊佐次に間違いないと」

それで小夜は、みずから弥五左衛門のところへ伊佐次殺しを依頼してきたのだ。

お栄の怨みを晴らしたいという小夜の気持ちはよく分かる。だが、この仕事に私情をからめるのは禁物である。それに万蔵が『闇の殺し人狩り』に襲われてから、まだいく日もたっていない。ほとぼりが冷めるまで、しばらく様子を見るようにと弥五左衛門は説得したのだが……。

「勝手に突っ走ってしまった、というわけですか」

「それなりの覚悟があってのことだと思いますが」

弥五左衛門の顔が曇った。声が沈んでいる。

「なまじの情けが、仇にならなきゃいいんだが……」

直次郎がぼそりとつぶやいた。

第四章　仇討《あだう》ち

1

筋違御門《すじかいごもん》から浅草御門にいたる神田川南岸の土手道には、およそ十丁（約一キロ）にわたって柳並木がつづいている。この土手道を柳原河岸《やなぎわらがし》という。

昼間は柳並木の下に、古道具屋や古着屋、茶店などの床店《とこみせ》がずらりと立ち並び、さながら縁日のようなにぎわいを見せるが、陽が落ちると同時に、いっせいに店をたたんで帰ってしまうために、人影はぱたりと途絶える。

無人の床店の陰に、じっと身をひそめている影があった。小夜である。丸太の柱にもたれたまま身じろぎもせず、闇の奥にするどい目をすえて〝獲物〟があらわれるのを待っていた。

満天の星だった。夜風にそよぐ柳の枝のあいだから、青白い星明かりがきらきらと降りそそいでいる。寂《じゃく》として物音一つしない。神田川の川音がその静寂をいっそう際立たせている。

床店の陰に身をひそめてから、すでに半刻（一時間）がたっていた。その間、数人の男たちが目の前を通りすぎていったが、小夜がねらう獲物・伊佐次は一向に姿をあらわさなかった。

その場所から四、五丁（約四三六～五四五メートル）さかのぼった昌平橋《しょうへい》の南に、定火消しの役屋敷がある。

定火消し役は、御先手《おさきて》組の弓組から三組、鉄砲組から七組、計十組で組織され、五千石以上の大身《たいしん》旗本がこの任にあたっていた。御役一組につき、役与力が六騎、同心三十人、その下に三百人の火消し人足（ガエン）が付されていた。

十組の定火消し役は、駿河台、八代洲《やよす》河岸、六番《ろくばん》町、市谷《いちがや》、麴町《こうじまち》、お茶《ちゃ》の水《みず》、赤坂御門外《あかさかごもんがい》、小川《おがわ》町、飯田《いいだ》町、溜池《ためいけ》の十カ所に役屋敷を下賜《かし》されていた。伊左次は小川町の役屋敷に配されたガエンである。

気の荒いガエンたちは、昼間は定火消し屋敷の大部屋で博奕《ばくち》にふけり、夜ともなると屋敷をぬけ出して遊里にくり出し、酒と女にうつつをぬかしていた。

町の者からは蛇蝎《だかつ》のごとく嫌われる存在だが、いったん火事が起きれば法被《はっぴ》一枚、ふんどし一丁で猛火の中に飛び込んでいかなければならぬ男たちである。明日をもしれぬ命を博奕と酒と女でまぎらわす。それもまたむべなる生きざまか。

小川町のガエンたちの遊び場は、おもに両国、浅草、本所の盛り場だった。そこへ向かうために、彼らは必ず「柳原河岸」をぬけていく。神田川に沿って真っすぐ東に向かえば、誰に見とがめられることもなく両国広小路に出ることができたからである。伊佐次もこの土手道を通って『千鳥』に通いつめていることを、女将のお栄から聞いて小夜は知っていた。

三月ほど前に『千鳥』で伊佐次に会ったことがある。歳は三十二歳、勇み肌のガエンとはおよそ印象を異にする、色白の物しずかな男だった。お栄と親しげに酒を飲んでいる伊佐次の姿を見て、小夜は直感的に二人が深い仲だと思った。

「伊佐次さんて、女将さんのいい人？」

後日、仕事の帰りに『千鳥』に立ち寄ったとき、小夜はさりげなく訊いてみた。すると、お栄は生娘《きむすめ》のようにぽっと頬《ほお》を染めて、照れるようにいった。

「お小夜ちゃんだから正直にいうけど、いずれ、あの人と一緒になろうかと思っているの。この歳になって、いまさらと思うでしょうけど」

「ううん。そんなことはありませんよ。女将さんだってまだ若いじゃありませんか」

お栄は今年三十である。派手な顔だちをしているせいか、年齢《とし》よりは二つ三つ若く見えた。

「やさしそうな人ですね。伊佐次さんて」

「でしょ？　そこに惚れたのよ、あたし」

「まあまあ、ご馳走さまです」

と揶揄《やゆ》しながらも、お栄の幸せそうな顔を見て、小夜は我がことのようにうれしかった。

ところが……、
そのひと月後に『千鳥』を訪ねてみると、別人のようにやつれ果てたお栄が、薄暗い店の奥に放心状態で惘然《ぼうぜん》と座っていた。

「どうしたんですか？　女将さん」

小夜が声をかけると、

「お小夜ちゃん……」

と力なく顔をあげて、

「あたしって男を見る目がない。今度ばかりはつくづくそう思ったわ」

消え入りそうな声でそういった。

「伊佐次さんのこと？」

「あいつ猫をかぶっていたのよ。これを見て」

着物の袖《そで》をたくしあげた。その腕に赤い火傷《やけど》の痕《あと》が点々とついている。

「煙管《きせる》の火を落とされたの。これがあいつの正体だったのよ」

「……！」

小夜は絶句した。

「浴びるようにお酒を飲んでは暴力をふるう。お店の金は勝手に持ち出す。たまりかねて別れ話をもちかけたら、手切れ金を出せって」

「手切れ金？」

「いままでこつこつと貯めてきた虎の子の三十両。いずれそのお金で新しい店を出そうと思っていたんだけど」

伊佐次を信用して、うっかりそのことをしゃべってしまったのがいけなかった。

「おまえの金はおれの金だ。出さなければ殺すって」

「殺す！」

怖《こわ》いのはそれが本気だということだ。

「首を絞められて殺されそうになったことも何度かあったわ。あいつは本気であたしを殺そうとしたのよ」

「そんな……」

信じられなかった。あの物しずかな伊佐次の姿からは想像もつかないことである。

「あいつのねらいは、最初からお金だったのよ」

うめくようにいって、お栄は深々と嘆息をついた。

そのときのお栄の、救いようのないほど暗く悲しげな顔が、いまも鮮明に小夜の脳裏に焼きついている。許せなかった。お栄を殺して虎の子の三十両の金を奪い、『千鳥』に火をかけたのは、疑うまでもなく伊佐次である。

もし自分の身に万一のことがあったら、伊佐次の仕業だと思ってくれ、とお栄はいった。その言葉が耳によみがえってくる。胸が熱くなった。やり場のない怒りと憎悪がふつふつとたぎってくる。

お栄は、小夜の命の恩人である。二年前の凍《い》てつくような寒い夜、あてどもなく江戸の町をさまよっていた小夜に、やさしく声をかけてくれたのが、お栄だった。

「行くところがなければ、ずっとここにいていいのよ」

小夜はその言葉に甘えた。いつかきっと恩返しをと思いながら、半年ほど『千鳥』で住み込みの下働きをした。そこで知り合ったのが寺沢弥五左衛門である。

万蔵から弥五左衛門が「闇の殺し人」の元締めだと聞かされたとき、小夜はその一員になることを決意した。いつまでもお栄の世話になるのが心苦しかったからである。

結局、お栄には何の恩返しもできなかったが、「闇の殺し人」となったいま、自分の手で伊佐次の命をとることが、せめてものお栄への恩返しであり、何よりの供養だと小夜は思った。

と、そのとき……。

闇の奥にひたひたと足音がひびいた。ハッと我にかえって、小夜は闇を透かし見た。人影がこっちに向かって歩いてくる。青白い星明かりに、影の輪郭がくっきりと浮かび上がった。中背の色白の男——まぎれもなく伊佐次だった。

小夜は、素早くふところから黒布を取り出して頰かぶりをすると、片膝をついて深々と身を沈めた。伊佐次の姿が眼前にせまった。その瞬間、折り曲げた膝《ひざ》を撥条《ばね》のようにはじかせて、高々と跳躍した。「蓮飛」である。小夜の体は地面から七尺（約二・一メートル）ほどの宙を跳んでいた。いや飛んでいた。飛翔といっていい。

気配を感じて、伊佐次が足をとめた。小夜の体は伊佐次の頭上にあった。半纏の裾を翼のように広げて、音もなく一直線に舞い降りてくる。

きらり。

闇に一筋の銀光がよぎった。小夜の手に銀の平打ちのかんざしがにぎられている。一瞬、何が起きたのか、伊佐次には理解できなかった。いきなり頭上から黒い物体が落下してきたのは見えていた。だが、目に映ったのはそれだけだった。

次の瞬間、

「うッ」

と、うめいて棒立ちになった。かんざしの尖端が伊佐次の盆《ぼん》の窪《くぼ》をつらぬき、喉もとに飛び出していた。小夜は着地と同時にかんざしを引きぬいた。びゅっ、と音を立てて伊佐次の首から血が噴き出す。信じられぬ顔で伊佐次は両膝を折って、前のめりに崩れ落ちた。全身がひくひくと痙攣《けいれん》している。まだ死んではいなかった。

(そう簡単に死なせてなるものか)

小夜は心の中で吐き捨てた。断末魔の苦しみを味わわせるために、わざと急所をはずしたのである。伊佐次は地面をかきむしって苦悶している。身をよじりながら、ごろごろと土手の斜面をころげ落ちていった。

それを追って小夜も土手をおりていった。首からおびただしい血を撒《ま》き散らして、伊佐次は草むらをのたうちまわっている。

(苦しむがいい。もっと苦しむがいい)

小夜の顔に酷薄《こくはく》な笑みが浮かんだ。

同じころ。

直次郎は、柳橋の船宿『卯月』の二階座敷で、芸者のお艶を相手に酒を飲んでいた。

「ねえ、旦那」

酌をしながら、お艶が上目づかいに直次郎を見た。

「何か心配ごとでもあるんですか」

「別に」

「隠しても顔に書いてありますよ」

「ちょっと仕事のことでな」

「旦那らしくないわねえ。仕事のことで悩むなんて」

「悩んでるわけじゃねえが」

小夜のことが気になった。

「もういい。忘れよう。さ、飲もうぜ」

と猪口《ちょこ》の酒を一気に飲みほして、突き出した。

「今夜はゆっくりしていってもいいんでしょ」

お艶が甘えるように鼻を鳴らしてしなだれかかってきた。耳朶《じだ》にふっと熱い息がかかる。抱いてくれといわんばかりの態度である。だが、直次郎はその気にはなれなかった。小夜の身が案じられる。〝獲物〟は荒くれのガエンである。そうやすやすと仕留めることはできまい。むろん、小夜もそれは覚悟している。自分の命を惜しんでいたら人の命はとれない、といった。

堀留町で小夜に会ってから、すでに一刻（二時間）ちかくたっていた。無事に〝獲物〟を仕留めただろうか。そのことが気になって、さっぱり酒がすすまない。

「お艶」

猪口をおいて、ふらりと立ち上がった。

「たまには趣向を変えて、舟遊びでもしてみねえか」

「舟遊び？」

「舟の上で差しつ差されつって寸法よ」

「それもいいわねえ」

お艶がにっこり微笑《わら》った。

「亭主に屋根舟を一艘《そう》出すようにいってくれ。舟子《ふなこ》（船頭）はいらねえ。おれが漕《こ》ぐ」

「じゃ、早速《さっそく》」

と、お艶はいそいそと部屋を出ていった。

2

『卯月』の裏手の桟橋に、一艘の屋根舟がもやっていた。胴の間には舟行燈と酒肴の膳部がととのっている。お艶の手をとって舟に乗り込むと、直次郎は水棹《みさお》をさして、舟を押し出した。

「わあ、星がきれい……」

お艶は無邪気によろこんだ。満天の星が川面《かわも》に映ってきらきらと耀《かがや》いている。風が生あたたかい。対岸の柳並木が、さながら黒い吹き流しのように、東に向かっていっせいに枝をなびかせている。

直次郎は水棹を櫓《ろ》に持ち替えて、ゆっくり舟を押していった。神田川をさかのぼり、新《あたら》し橋をくぐったあたりで舟をとめると、直次郎は胴の間の膳のまえに腰をおろし、

「注《つ》いでくれ」

と猪口を差し出した。お艶が酌をする。

静かだ。聞こえるのはひたひたと舟縁《ふなべり》を叩く水音だけである。

「さ、おめえも飲みな」

と、お艶の猪口に酒を満たす。

「おつなもんですねえ。舟の上で飲むお酒ってのも」

きゅっと飲みほした。流れにまかせて、舟はゆったりと下流に向かっている。

「本当に久しぶりだわ。舟遊びなんて」

つぶやきながら、お艶は舟縁から身を乗り出して、川の流れに手をひたした。

「水もぬるんできたわ」

「おいおい、あんまり身を乗り出すと、舟がひっくり返るぜ」

「大丈夫」

と微笑《わら》った顔がふいに凍《こお》りついた。

「あら！　な、何よ、これ！」

水に濡れた手を見て、お艶が叫声を発した。手のひらが真っ赤に染まっている。直次郎は思わず川面に目をやった。艫《とも》の五、六間（約九〜十一メートル）後方に黒い物体が浮いている。血まみれの男の死体だった。直次郎は、瞬時にそれが伊佐次の死体だと悟った。

「お艶」

やおらお艶の体を引きよせ、手拭《てぬぐ》いで手のひらの血をぬぐった。お艶がびっくりして川面に目を向けようとすると、

「見るな」

といって、直次郎は抱きすくめ、胴の間に押し倒した。伊佐次の死体を見せるわけにはいかなかった。お艶の気をそらすために着物の下前をはぐって股間に手を差し入れた。

「ちょ、ちょっと旦那！」

「その気になってきたぜ」

にやりと笑った。むろん、これもその場しのぎの芝居である。

「で、でも……」

「誰も見ちゃいねえさ」

お艶の上にのしかかり、荒々しく帯を解いた。お艶は手についた血のことを忘れて、もうあえぎはじめている。胸元を押しひろげ、両の乳房をわしづかみにして揉みしだく。大胆にも、お艶は両脚を大きく開いて、左右の舟縁に踵《かかと》をかけた。着物の下前がめくれ上がり、黒々と茂った秘所が露出している。

「は、早く……」

直次郎も着物の前を開いて下帯をはずす。はずしながら、ちらりと川面に目をやった。すぐ目の前を伊佐次の死体がゆらゆらと流れてゆく。死体の周囲の水が血で真っ赤に染まっている。血は首の傷口から噴き出していた。明らかにかんざしで突き刺した傷である。

(やったな)

にんまり笑いながら、直次郎は着物の裾をはしょった。下半身がむき出しになる。股間に怒張《どちょう》した一物がそそり立っている。

伊佐次の死体を確認したことで気が晴れたせいか、むらむらと欲情がわきたってきた。舟縁にかけたお艶の両脚を高々と持ち上げて、いきりたった一物をはざまに押し当てる。雁首《かりくび》の尖端で切れ込みをなであげた。花芯からじわっと露がにじみ出てくる。

「だ、旦那……」

催促するように、お艶が腰をふる。つるりと入った。

「あっ」

小さく叫んで、お艶がのけぞった。一物は根元まで入っている。直次郎の腰の動きに合わせて、舟が大きくゆれた。いつしか二人は着物を脱ぎ捨てて全裸になっていた。舟行燈の仄暗《ほのぐら》い明かりが、睦《むつ》みあう二人の裸身を妖《あや》しげに照らし出している。

その最中に、直次郎は首をのばして川面に目をやった。伊佐次の死体が浮き沈みしながら川下に流れてゆく。やがて闇の奥に消えていった。

一物を入れたまま、お艶の上体を引き起こした。お艶がしがみついてくる。尻をかかえて膝の上に乗せ、下から垂直に突きあげる。

「あッ、す、凄い……いいッ」

髪をふり乱してお艶が狂悶《きょうもん》する。乳房が上下にゆれる。ゆれるたびに固くなった乳首がつんつんと直次郎の胸板に当たる。その感触がますます欲情を刺激する。むさぼるように口を吸った。ぎしぎしときしみ音を立てて、舟はさらに大きくゆらいだ。

直次郎の息が荒い。

「まだよ、まだ、だめ……」

なだめるようにいって、お艶が尻を浮かした。一物がするりと抜ける。

「横になって」

いわれるまま、直次郎は胴の間に仰臥《ぎょうが》した。お艶が上体を折って、股間に顔をうずめる。直立した一物を指でしごきながら、舌先で尖端をなめまわす。怒張した一物がひくひくと脈打っている。それを口にふくんだ。根元まで飲みこみ、口をすぼめて出し入れする。

「うッ……い、いかん!」

「まだ、だめ」

指先でぎゅっと根元を締めつけた。放出寸前にかろうじて止まった。一物を指でつまんだまま、お艶は直次郎の下腹にまたがった。尖端をはざまに押し当ててゆっくり腰を沈める。一物が深々と埋まってゆく。

「ああ、いい……」

と口走りながら、とろけるような表情で腰を上下させる。ときには絞りこむように強く、ときには〝の〟の字を書くように尻をまわす。直次郎は何もしていない。お艶が勝手に腰を動かして昇りつめてゆく。直次郎も極限に達していた。

「は、果てる!」

叫ぶやいなや、お艶の腰に手を回して、突き放すように押しあげた。同時に炸裂した。すごい勢いで淫汁が噴出し、お艶の乳房まで飛び散った。ねっとりと雫《しずく》がしたたり落ちる。

「どう？」

婉然《えんぜん》と笑いながら、お艶が体をかさねた。

「よかった」

「どこが？」

「どこもかしこもだ」

と、いいつつ、乳房をもむ。

「ふふふ、うれしい」

直次郎の胸に頬ずりしながら、お艶は股間に手をのばして、萎《な》えかけた一物を指でつまんだ。尖端がまだぬめっている。

「あら、縮んじゃったわ」

といって、お艶は体をくるりと反転させて股間に顔をうずめ、一物の尖端をなめはじめた。直次郎の顔の真上に、お艶の秘所がある。指先で茂みをかきわけ、はざまに舌をいれた。

「あ、いや……」

と甘い声をあげて、腰をくねらせる。秘所の肉ひだが唾液と露でしとどに濡れている。直次郎の一物も回復してきた。お艶の体を押しのけて膝立ちになり、四つん這いのお艶の尻をつかんで、うしろから一物を突き入れた。

「ひッ」

と声をあげて、お艶が舟縁にしがみつく。反動でぐらりと舟がゆらいだ。いつの間にか、前方に『卯月』の明かりが迫っていた。

手早く身づくろいをととのえて、屋根舟を桟橋に着けると、『卯月』にはもどらず、そのまま二人は川原の道を下流に向かって歩きはじめた。お艶が「今夜はもう座敷には出ない」というので、家まで送っていくことにしたのである。

半丁(約五十メートル)ほど歩いたところで、ふいに直次郎が足を止めて前方の闇に鋭い目を据えた。とある船宿の前に町駕籠《まちかご》が止まり、一人の武士が降り立ったのである。

「どうかしたんですか?」

お艶がけげんそうに訊く。

「あれは……、仁杉じゃねえか」

軒行燈の明かりの中に浮かび上がったその武士は、まぎれもなく同心支配役与力の仁杉与左衛門だった。それを見て、お艶が大きくうなずいた。

「ああ、最近よく見えますよ。あのお侍さん。お役所の人？」

「おれの上役だ」

仁杉の来駕《らいが》を待ち受けていたかのように、船宿の玄関から恰幅のよい初老の男が飛び出してきて、揉み手せんばかりに仁杉を迎え入れた。

「あの男は？」

「米問屋『笠倉屋《かさくら》』の旦那。これから船で吉原にでも繰り出すんじゃないですか」

日本橋堀江《ほりえ》町の米問屋『笠倉屋』のあるじ・利兵衛《りへえ》である。

「へえ。仁杉と『笠倉屋』がつるんでいたとはな」

直次郎の脳裏に一抹の疑惑がよぎった。町奉行は「お救い小屋」の難民に支給する「お救い米」を市中の米問屋から買い上げている。『笠倉屋』もその一軒だった。「お救い米」の買い上げの総責任者でもある仁杉と米問屋『笠倉屋』の癒《ゆ》着《ちゃく》。その裏に一体どんな企《たくら》みがひそんでいるのか。

「この不景気なご時世、羽振りがいいのは米問屋とお役人だけですからねえ」

お艶が皮肉たっぷりにいう。

「同じ役人でも、おれのような下っ端にはおこぼれも廻ってこねえ」

と苦笑して、直次郎はふたたび歩き出した。

お艶の家は福井町《ふくい》にあった。『卯月』から指呼《しこ》の距離である。浅草御門橋の数丁手前で土手道を登り、北側におりた。土手の下は平右衛門町《へいえもん》である。

「お酒、すっかり醒《さ》めてしまったわね」

直次郎に寄り添って歩きながら、お艶がぽつりといった。情事の余韻が残っているのだろう。頬がほんのりと桜色に染まっている。

「ねえ、旦那」

うるんだ目で直次郎を見上げた。

「あたしの家で飲み直しませんか」

「うむ」

と、うなずいて平右衛門町の路地を曲がった瞬間、

「お艶！」

いきなりお艶の手をとって物陰に飛びこんだ。

「どうしたんですか」

「しっ」

と制して、路地の奥の闇にするどく目を据えた。入り乱れた足音が聞こえてくる。

ほどなく視界に三つの黒影が飛びこんできた。土埃《つちぼこり》を蹴たてて一目散に走ってくる。どうやら先頭の影は追われているらしい。それを追って二つの影が猛然と突っ走ってくる。いずれも抜き身を引っ提《さ》げた浪人者だった。

じっと息をひそめて見守っていると、目の前の空き地に走りこんできた浪人が、くるっと背を返して刀を下段に構え、息をととのえながら追尾の二人に正対した。

星明かりの中に、三人の浪人の姿が鮮明に浮かび立った。追われていたのは三十二、三の端整な面立《おもだ》ちをした浪人、追ってきた二人は見るからに凶悍《きようかん》な面《つら》がまえの浪人である。

「な、何かの間違いだ。おぬしたちに命をねらわれる覚えはない！」

叫んだのは、追われていた浪人だった。

「問答無用！」

二人の浪人が同時に斬りかかった。錚然《そうぜん》と鋼《はがね》の音が鳴りひびき、火花が飛び散った。

追われていた浪人は、すでに手負いだった。動きが鈍い。斬撃を受けるたびに体が大きくのめる。直次郎の目には、この時点で勝敗の帰趨《きすう》は決していた。

「死ねッ」

一人が拝み打ちの一刀を浴びせた。かわす間もない速さであり、勢いだった。がつん、と頭蓋《ずがい》が砕ける音がして、鮮血とともに白い脳漿《のうしょう》が闇に飛び散った。浪人は声も叫びもなく、仰向けにころがった。頭部が真っ二つに割れて、片方の眼球が飛び出している。無惨《むざん》の一語につきた。

斬った浪人が刀の血ぶりをして鞘《さや》におさめ、顎《あご》をしゃくって、もう一人をうながした。

「待て」

と、その浪人が呼びとめる。

「どうした？」

「誰かいるぞ」

ぎらりとこっちを振り向いた。直次郎の顔に緊張が奔《はし》った。二人が大股に歩み寄ってくる。直次郎はそっとお艶の体をうしろに押しやり、右手を刀の柄にかけた。

「そこにいる奴、出てこい」

野太い声がひびいた。直次郎は何食わぬ顔で路地に歩み出た。

3

「町方か……」

一人が獰猛《どうもう》な目で直次郎を誰何《すいか》した。

「見たな？　貴様」

もう一人がじりっと詰めよる。

「何の話だ」

「とぼけるな」

「おれには関わりのねえことだ。どいてくれ」

「顔を見られたからには、生かしておくわけにはいかん」

前の一人が抜刀した。が、それより速く、直次郎の刀が鞘を走っていた。

ずばっ。

鈍い音とともに何かが浪人の頭の上を飛んでいった。あっ、と叫んで浪人はそれを見上げた。刀をにぎったままの自分の手首だった。切断された手から血が噴出している。

「おのれ！」

もう一人が横に薙《な》いだ。間一髪、上体をそらして切っ先を見切った。勢いあって浪人の体が横に流れた。すかさず逆袈裟に斬りあげる。首の骨を断ち切られ、浪人の頭が直角にうしろに倒れた。上空を仰ぎ見るような形で二、三歩よろけ、そのままどっと地面に倒れ伏した。

手首を切られた浪人があわてて逃げ出そうとした。それをうしろから突いた。必殺の刺突《しとつ》の剣である。背中をつらぬいた刀は胸にまで飛び出していた。引いても抜けなかった。刃があばらに食い込んでいる。浪人の腰に片足をかけて一気に引きぬき、返り血を浴びぬために一間ほど後方に跳びすさった。浪人は血しぶきを撒き散らして前のめりに崩れ落ちた。

「旦那……」

物陰から、お艶が走り出てきた。直次郎の胸にすがりつき、ほっとしたように微笑《わら》った。だが、恐怖は消えていない。膝頭ががくがく震えている。

「せっかくの道行を邪魔しやがって。無粋《ぶすい》なやつらだ」

懐紙で刀の血脂をぬぐって鞘におさめながら、直次郎はほろ苦く笑い、お艶をうながして歩き出した。そのとき、背後に足音を聞いた。複数の足音である。振り向くと、闇の奥に三つの人影が見えた。浪人体の男たちだ。斬り捨てた二人の浪人の仲間だろうか。

「お艶！」

手をとって、直次郎は走り出した。

「待て」

と三人が追ってくる。

直次郎とお艶は、細い路地を左に折れた。どぶ板がばたばたとはね上がる。三人の浪人が猛然と追ってくる。天水桶《てんすいおけ》のかたわらに消火用の升桶《ますおけ》が山型に積んであった。走りながら直次郎はそれを蹴倒した。音を立てて升桶の山が崩れ、細い路地に散乱した。浪人たちが右往左往している。

入り組んだ路地を右に左に曲がりくねりながら、福井町とは逆の方向に走った。お艶の家から追手を遠ざけるためである。

広い通りに出た。奥州街道につながる茅町一丁目の通りである。大戸をおろした商家がひっそりと軒をつらねている。

二人は通りを横切って、向かい側の路地にとび込んだ。三人の浪人が執拗《しつよう》に追ってくる。直次郎一人なら追手をふり切るのは造作もないことだが、女連れでは思うにまかせない。お艶の息が上がり、脚がもつれている。みるみる追手の影が迫ってきた。

できれば町中での斬り合いは避けたかった。どこへ誘いこもうかと、路地の左右に目をくばりながら直次郎は走った。左側に築地塀《ついじべい》がつづいている。築地が切れたところに古びた楼門《ろうもん》が見えた。第六天神の楼門である。二人はその楼門に走りこんだ。

参道のわきに大銀杏《いちょう》の老樹が立っている。

「お艶、その木の陰に隠れろ」

「はい!」

お艶が大銀杏の木陰に身をひそめると同時に、三人の浪人が楼門を走り抜けてきた。

しゃっ。

直次郎の刀が鞘走った。抜く手も見せぬ紫電《しでん》の居合《いあい》斬《ぎ》りである。真っ先に走りこんできた浪人が、顔面から血を噴いてのけぞった。それにも臆《おく》せず、二人が同時に斬りかかってきた。

直次郎は身を沈めて、横ざまに走った。走りながら、逆手斬りに一人の胴を横一文字に薙いだ。腹が裂け、血が噴出する。浪人は膝を折って参道の石畳にへたり込んだ。腹の裂け目から飛びだしたはらわたを無意識に押しこんでいる。

残る一人が袈裟がけに斬りおろしてきた。数歩下がればかわせる斬撃だったが、直次郎は逆に浪人の奥ふところに飛びこみ、鍔先《つばさき》でその刃を受けた。浪人がぎりぎりと押しこんでくる。思いのほか膂力《りよりよく》がつよい。数瞬、鍔競り合いがつづいた。

先に仕掛けたのは直次郎だった。一歩踏みこんでぐいと押し込む。負けじと浪人が押し返してくる。その瞬間、刀を引いて大きくうしろに跳んだ。浪人の体が前にのめった。すかさず背後に回りこみ、振りかぶった刀を叩きおろした。

浪人の着物が襟首から腰にかけてはらりと裂け落ち、肉の厚い背中がむき出しになった。背筋にそって赤い裂け目が縦に走っている。背骨が見えるほどの深い傷だ。傷口から噴き出した血が腰のまわりの着物に溜まってふくらんでいる。浪人が倒れ伏すと同時に、その血が参道の石畳にざざっと流れ落ちた。

直次郎は刀の血しずくをふり払い、鍔鳴りをひびかせて鞘におさめると、

「おわったぜ」

大銀杏の木陰に身をひそませているお艶に低く声をかけた。お艶がおそるおそる出てくる。参道にころがっている三人の死体を見て、思わず目をそむけた。

「これは……、一体どういうことなんですか？」

「さあ」

と首をふって歩き出し、

「浪人同士の喧嘩沙汰《けんかざた》かもしれねえな」

「冗談じゃないわ。斬り合いをするのは勝手だけど、何の関わりもないあたしたちを巻き添えにするなんて、あんまりじゃないですか」

お艶が憤慨する。

「まったくだ」

とうなずいたが、じつのところ直次郎には分かっていた。斬り捨てた五人は万蔵を襲った四人の浪人の仲間、つまり「闇の殺し人狩り」に違いない。自分たちの面体《めんてい》が割れるのを恐れて、口をふさごうとしたのだろう。

「なあ、お艶」

気をとりなおして、お艶の腕をとった。

「験《げん》なおしにそこらへんで一杯やらねえか」

「あら、うちに来るんじゃなかったんですか」

「おめえの家に行ったら、また妙な気分になっちまう。今夜はやめておこう」

「ふっふふふ……」

お艶が意味ありげに笑う。

「何がおかしい？」

「旦那って、あっちのほうも強いけど、剣の腕もめっぽう強いんですね」

「おだてには乗らねえぜ」

照れるように顎《あご》をなでた。

「おだてじゃありませんよ。あたし、惚れなおしちゃった」

いたずらっぽく笑って、直次郎の腕にしがみつく。

「ねえ旦那、水臭いこといわないで、あたしの家でゆっくり飲みなおしましょうよ」

「うむ。しかし……」

一瞬ためらった。

「いや、やっぱりやめておこう。妙な気分になったら困る」

「いいじゃないですか。そのときはそのときで」

「いや、だめだ」

「なぜ？」

「人を斬った手でおめえを抱くわけにはいかねえ」

「そう」

ふっと悲しげに目を伏せた。だが、お艶は内心うれしかった。人を斬った手で抱けないといった直次郎の言葉が、というより、そのやさしい心づかいが身にしみてうれしかった。会話はそこで途切れ、しばらく無言の行歩《ぎょうぶ》がつづいた。

福井町一丁目の路地を曲がった。お艶の家は、その路地の突きあたりを右に折れたところにある。路地角に煮売り屋の提灯《ちょうちん》の明かりがぽつんとにじんでいた。

二人はその煮売り屋に入っていった。

直次郎の読みどおり、昨夜斬り捨てた五人は両国米沢町の貸家に配された浪人たちであった。先夜、向島の三囲神社付近で殺された四人を加えると、「闇の殺し人狩り」の組織はこれで九人の手勢を失ったことになる。

「こうなると、わしらとて安閑《あんかん》としてはおられんぞ」

髭面《ひげづら》の浪人がうめくようにいった。つい先ほど地回りの富五郎が、昨夜の事件を知らせにきた。それを受けての言葉である。

「明日は我が身というわけか」

と嘆息したのは、狐のように目の細い初老の浪人だった。

神田多町の貸家の居間である。この家には『備前屋』に雇われた六人の浪人が住んでいる。その六人が昼間から酒を食らいながら、深刻な面持ちで語り合っていた。

「わずか一両の手当てで命を売るというのも間尺《ましやく》に合わん話だ」

痩身の浪人が不満げにいう。

「そもそも我らは、公儀のために主家を失い、禄を失ったのだ。公儀に怨みをもつ我らが公儀のために働くというのも、筋の通らん話ではないか」

狐目《きつねめ》の言に、髭面も同調した。

「しかも、わしらの獲物は同じ境涯《きようがい》の浪人者。いかに仕事とはいえ、心が痛む」

「いやなら辞めるがいいさ」

冷然といい放ったのは、奥の床柱《とこばしら》にもたれて、三人のやりとりにじっと耳をかたむけていた大槻源十郎だった。

「しょせんわしらは野良犬だ。生きるためには泥にまみれ、腐ったものも食わなければならぬ。それができん奴は野垂《のた》れ死にするだけだ」

「大槻さん、あんたに武士の矜持《きょうじ》はないのか」

髭面が反駁《はんばく》する。

「武士の矜持だと？」

ぎろりと見返した。

「そんなものは、とうの昔にかなぐり捨てた。捨てたからこそ、こうして生きている」

「野良犬のようにな」

狐目が皮肉な口調でいい返す。大槻がむっとなって睨《にら》みすえた。

「そういうおぬしたちは、ただの負け犬ではないか」

「言葉がすぎるぞ！」

狐目が気色《けしき》ばむ。

「まあ、そうむきになるな。わしは引き止めん。いやなら勝手に出てゆくがいい」

「いわれなくても、そのつもりだ」

髭面が憤然と立ち上がった。すかさず狐目も腰をあげる。

「命あっての物種《ものだね》だ。わしも出て行く」

瘦せ浪人も立ち上がった。

「ごめん」

ずかずかと床を踏み鳴らして、三人は出ていった。あとに残ったのは大槻と二人の浪人である。一人は摂州《せっしゅう》浪人・金井半兵衛《かないはんべえ》、もう一人は芸州《げいしゅう》浪人・横田新八《よこたしんぱち》。出てゆく三人をちらりと一瞥《いちべつ》し、金井が軽侮の笑みを浮かべて低く吐き捨てた。

「腰抜けどもめ。昨夜の一件で臆病風を吹かせたか」

「どうせ物の役に立たぬ連中だ。頭数が減ったぶん、わしらの手当ても増える。願ったり叶ったりではないか」

大槻がほくそ笑む。

「しかし、たった三人となると、これからが大変だぞ」

横田が困惑げにいった。

「仕事のことか」

「府内には掃いて捨てるほど浪人者がいる。その中から『闇の殺し人』を見つけ出すのは、砂浜で米粒を探すようなものだ。わしら三人ではとても手が回らぬ」

「なに、適当にやっておけばいいのだ。『備前屋』もこの仕事を持てあましている。いずれ手を引くつもりだろう」

「手を引く？」

「それまでに『備前屋』から引き出せるだけの金を引き出す。それがわしのねらいだ」

そういって、大槻は狡猾《こうかつ》な笑みを浮かべた。

4

数日後の夕刻――。

大槻源十郎は、備前屋惣右衛門によばれて、薬研堀《やげんぼり》の料亭『花邑《はなむら》』に向かった。

何となく悪い予感がした。用件があるならわざわざ料亭に席をもうけなくても、備前屋の座敷ですむはずだ。惣右衛門の言伝《ことづ》てをもってきた富五郎の歯切れも悪かった。用件を訊いても、とにかく旦那さんが折り入って話があるので、としかいわなかった。

(何か悪い知らせでも？)

と一抹《いちまつ》の不安をいだきながら、米沢町三丁目の路地を左に折れた。その路地をぬけると薬研堀に突きあたる。

薬研堀は、以前は米蔵への船輸送を目的とした入り堀だったが、明和《めいわ》八年（一七七一）、米蔵の築地移転にともなって西南のほうから埋め立てられ、現在はわずかに狭い堀が残るだけである。

料亭『花邑』は、その堀の北西の岸に張り出すように立っていた。

仲居に案内されて二階座敷に入ると、すでに備前屋のあるじ惣右衛門と初老の武士が、酒肴の膳部の前で酒を酌《く》みかわしていた。武士は南町の同心支配役与力・仁杉与左衛門であった。

「お待ちしておりました。ささ、どうぞ」

と惣右衛門が座蒲団《ざぶとん》をすすめ、仁杉を紹介した。

「総州浪人・大槻源十郎と申します」

軽く一礼した。

「貴公のことは備前屋から聞いておる」

「で、それがしに用件と申すのは？」

「じつは……」

惣右衛門が酌をしながら、申し訳なさそうな顔で言葉をついだ。

「例の仕事の件ですが、お奉行所のほうから差し控えよとのご沙汰がございましてね」

「やめろ、と申すのか」

大槻の顔が険しく曇った。惣右衛門は困ったように視線をおよがせている。それを見て仁杉がおもむろに口をひらいた。

「貴公たちは十分に働いてくれた。そろそろこのへんが潮時だと思ってな」

「潮時にしては、いささか早すぎるような気もいたしますが」

丁重な物いいだが、声に怒りがこもっている。

「これはお奉行からのご下命なのだ」

「お奉行からの？」

大槻が不審げに訊きかえした。

前述したとおり、目付の鳥居耀蔵を南町奉行に抜擢《ばってき》したのは、老中首座・水野越前守忠邦である。その水野がいま、苦境に立たされていた。
　財政再建の畢生《ひっせい》の策として打ち出した「上知令《あげちれい》」が、大名・旗本の猛反発を受け、水野政権の足もとが大きくゆらぎはじめたのである。

「上知令」とは、江戸・大坂近傍の私領地を幕領に収公する令、すなわち大名・旗本の知行《ちぎょう》地の一部を幕府が召し上げるという、究極の強権政策である。当然のことながら、「上知」に該当する大名・旗本はこれに強く反発した。その筆頭が徳川御三家の一つ、紀州《きしゅう》藩であった。

「上知令」をめぐって幕論が沸騰するさなか、江戸府内で起きた連続浪人殺害事件が幕閣の話題にのぼった。切り出したのは反水野派の筆頭・紀州藩である。

「南町奉行所がひそかに浪人狩りをしているとの噂が巷《ちまた》に流れている。ために府内の浪人輩から倒幕の声が澎湃《ほうはい》とわき立ち、一触即発の様相を呈《てい》しはじめている」

と讒言《ざんげん》し、このまま放置しておけば、いずれ由比正雪《ゆいしょうせつ》の慶安《けいあん》の変、あるいは別木庄左衛門《べつぎしょうざえもん》の承応《しょうおう》事件のごとき大乱が出来《しゅったい》するであろう、と攻撃の矛先《ほこさき》を町奉行の鳥居耀蔵に向け、水野政権にゆさぶりをかけてきたのである。

　かつて紀州家は、由比正雪の慶安事件の黒幕と疑われたことがあった。その真偽はともかく、浪人がらみの事件を政争の具に使うというのは、いかにも紀州らしいやり方ではある。

「ご老中・水野越前守さまのお立場をお守りするために、やむなくお奉行がご決断なされたことなのだ。致し方あるまい」

仁杉が苦々しげにいった。むろん、これは方便である。「闇の殺し人狩り」は仁杉が独断で決めたことであり、奉行の鳥居はまったく関知していなかった。

「話はうけたまわりました。その旨、仲間に申し伝えましょう」

大槻の声も苦い。

「所用があるので、わしは失礼する」

そっけなくいって、仁杉が腰をあげた。惣右衛門がすかさず立ち上がって仁杉を送り出した。あとのことは頼む、と小声でいって仁杉は階段をおりていった。

「申しわけございません」

座敷にもどるなり、惣右衛門が深々と頭を下げた。

「早い話、お払い箱というわけか」

「何分《なにぶん》にもかような次第でございますので、お詫《わ》びの申し上げようもございません」

顎のまわりの贅肉《ぜいにく》をぶるぶると震わせながら、惣右衛門は何度も頭を下げた。

「詫びてすむものでもあるまい」

「は？」

虚をつかれたような顔になった。

「わしは奉行所と備前屋の腐れ縁を知悉《ちしつ》しておる。それを反水野派の紀州家に売れば、かなりの金になるだろう」

開き直りというより、明らかに脅迫だった。

「ま、まさか！」

惣右衛門の顔が凍りついた。

「役人は頭が固い。仁杉どのはそのことに気づかぬようだな」

「い、いえ、それは違います。仁杉さまからはくれぐれもよろしく頼むと仰せつかりました」

「わしのことをか？」

「はい。これまでの大槻さまの働きに十分に報いるように、と……」

「ならば、遠慮なくいわせてもらおう。改めてわしを用心棒に雇わぬか」

「あとのお二方は？」

「案ずるな。金井と横田にはわしのほうから引導を渡す」

「そうしていただければ、手前どもも助かります」

惣右衛門の顔にようやく安堵《あんど》の色が浮かんだ。大槻は十五人の浪人団をたばねてきた男である。この男を手の内に入れておけば、秘密が洩れる恐れはないし、いざというときには役にも立つ。月々五、六両の手当てを払っても安いものだと、惣右衛門は腹の中で十露盤《そろばん》をはじいていた。

5

五ツ半（午後九時）ごろ、大槻は神田多町の貸家にもどった。

居間で金井と横田が酒を飲んでいた。火鉢で干物を焼いていたらしく、部屋の中に魚臭い煙が充満している。大槻が部屋に入るなり、

「遅かったな。何か込み入った話でもあったのか」

金井が訊いた。

「案の定だ。備前屋がこの仕事から手を引きたいといってきた」

「なに」

横田が目をむいた。

「むろん、すぐにというわけにはいかんからな。交渉して二月《ふたつき》先に延ばしてもらった」

「そうか、いよいよお払い箱か」

「ふざけた話だ」

金井の声が怒りでふるえている。

「散々わしらを利用しておきながら、用済みとなれば、弊履《へいり》を棄《す》つるがごとく切り捨てる。一体わしらを何だと思ってるんだ」

「ここで腹を立てても仕方あるまい。備前屋から当座の金を引き出してきた」

大槻がなだめるようにいって、ふところから小判を二枚取り出し、

「気散じに外で酒でも飲まんか」

「よし、行こう」

横田が立ち上がって、金井をうながした。

「やけ酒だ。今夜はとことん飲むぞ」

月に薄雲がかかっている。

雨もよいの空だ。風も立ちはじめた。

三人は神田多町の通りを北に向かった。多町二丁目の先は連雀町《れんじやく》である。連雀は「連尺」とも書き、二枚の板を麻縄で組んだ背負子《しょいこ》のことをいう。この連尺を作る職人が多く住んでいたところから地名になり、のちに「連雀」と書くようになった。

連雀町の路地をぬけると、広大な空き地に出る。通称「八辻《やつじ》ケ原」。昼間は大道芸人や辻講釈、薬売りなどが店を張り出してにぎわう場所だが、この時刻になるとさすがに人影も絶えて、物寂しい静寂につつまれる。

闇の奥に、ほのかににじんでいる明かりは、筋違御門の高張り提灯の灯だろう。

ぽつり、ぽつりと雨が落ちてきた。

「雨だ。急ごう」

先を行く横田が歩度を速めた。

「大した降りではない。あわてるな」

金井の声を無視して、横田はずんずん先に歩いていく。

「このへんがよかろう」

大槻がぼそりとつぶやいて足をとめた。

「え」

と金井がけげんそうに振り返る。

「どういうことだ？」

「おぬしたちには死んでもらう」

「な、なに」

「のちに禍根を残さぬためにな」

「そうか、そういうことだったか！」

金井が刀の柄に手をかけた。が、一瞬早く大槻の刀が鞘走っていた。逆袈裟に斬りあげる。刀の柄に手をかけたまま、金井は棒立ちになった。抜く間もなく首筋を切られていた。音を立てて血が噴き出す。金井の体がぐらりとゆらぎ、仰向けにころがった。

気配に気づいて、先を行く横田が振り向いた。

「大槻さん！」

金井の死体を見てすぐに事態を察した。

「わしらを売ったのか！」

「これも仕事だ」

「仕事？」

「備前屋の用心棒としてのな」

「卑劣な！」

抜刀した。大槻が地ずりの下段で間合いをつめる。横田は八双《はっそう》にかまえてじりじりと後ずさった。しだいに雨脚が強まってくる。伸びた月代《さかやき》が雨に濡れて額に張りつく。

しゃっ。

大槻の刀が雨滴《あましだり》を切った。横田は切っ先を大きく見切って、うしろに跳びすさった。ばしゃっと泥水がはね上がる。雨脚がますます強まった。

雨中の斬り合いは握力がものをいう。刀の柄が濡れてすべるためである。大槻は下段にかまえながら、柄をにぎった手に素早く刀の下げ緒を巻きつけた。すべり止めの細工である。横田にはその動きが見えなかった。見る余裕もなかった。

一瞬、隙が生じたと思ったのだろう。

「えぇいッ」

裂帛《れっぱく》の気合とともに斬りこんできた。それを下からはね上げた。横田の手がすべった。刀の柄がくるりと回り、刃が横を向いた。その瞬間に勝負は決したといっていい。大槻が突き出した刀は、横田の刀身の上をすべり、切っ先が喉元をつらぬいた。

「ぐえッ」

奇声を発して、横田は前のめりに突っ伏した。たちまち泥濘《ぬかるみ》が血で染まった。

大槻は、刀の血ぶりもせずに納刀すると、篠《しの》つく雨の中を悠然と立ち去っていった。

沛然《はいぜん》と雨がふりつづく。

青白い閃光が奔《はし》り、轟然《ごうぜん》と雷鳴がとどろいた。


翌日は、一片の雲もない快晴だった。

真夏を思わせるような強い陽差しが照りつけている。

仙波直次郎は、『両御組姓名掛』の部屋の片隅で、例によって居眠りをしていた。この部屋は三方が書棚になっているので、昼間でも薄暗く、午睡《ごすい》をとるには恰好の場所だった。

夢を見ていた。

それも悪い夢である。

底のない闇の中を、直次郎は一目散に走っていた。息が切れ、脚がもつれる。行けども行けども闇はつきない。それでも必死に走りつづけた。妻の菊乃が突然心ノ臓の発作で倒れたのである。医者を！　一刻もはやく医者を呼んでこなければ！

闇の奥に小さな明かりがぽつんと浮かんでいる。声にならぬ叫びをあげて、直次郎は明かりに向かって疾駆《しっく》した。提灯《ちょうちん》の明かりである。町医者らしき男が供をしたがえて歩いていく。直次郎はその医者にとりすがって助けを求めた。医者がふり向いてにやりと笑った。鬼面のごとく凄愴《せいそう》な顔をした男だった。

家内を！　家内を助けてくれ！　悲鳴にちかい声を発して医者の手をひいた。

その瞬間、医者の姿がふっとかき消えて、直次郎は前のめりに倒れこんだ。

かくん。

と首が折れて、直次郎は目を覚ました。あわててまわりを見回した。一瞬、自分がどこにいるのか理解できなかった。明かりとりの窓から陽が差し込んでいる。それを見てようやく現実に引きもどされた。額に脂汗《あぶらあせ》がにじんでいる。部屋の中はむっとするような暑さだ。

（なぜ、あんな夢を……？）

心のどこかに、菊乃に対するうしろめたさがあるのだろう。

「仙波、仙波はおるか」

ふいに廊下で声がした。

「はいッ」

と応えて、はじけるように立ち上がり、遣戸《やりど》を引きあけた。

廊下を踏み鳴らして、初老の男が大股にやってきた。物書《ものかき》同心の島崎《しまざき》である。

「何か？」

「筆と墨を買ってきてくれんか」

高飛車《たかびしや》な物いいである。以前の直次郎だったら、むかっ腹を立てて即座に断っていただろう。だが、お役替えになってから、直次郎は変わった。というより達観した。どんな下らない仕事をいいつけられても、腰を低くして「はい、はい」と二つ返事で引き受け、腹の中で舌を出していた。文字どおりの面従腹背《めんじゆうふくはい》である。

「筆は短鋒《たんぽう》四本、墨は二本」

と島崎が一分金を差し出し、

「よいな。必ず受け取りをもらってくるんだぞ」

いいおいて、傲然《ごうぜん》と立ち去った。

古参同心から使いっ走りを頼まれるのは、日常茶飯事である。それにいちいち腹を立てていたのでは、宮仕えはつとまらない。

奉行所を出て、日本橋に向かった。

日本橋は、江戸の経済の中心地である。水野忠邦の物価統制令や奢侈禁止令の影響で、巷に不況風が吹き荒れる中、この街だけはあいかわらず活況を呈していた。

品川《しながわ》町と駿河町の間の路地角に、小さな筆墨《ひつぼく》硯《すずり》問屋があった。看板に『宇野屋』とある。直次郎はその店に入っていった。

「あ、仙波さん」

と振り向いたのは、高木伸之介だった。帳場の前に座って茶を飲んでいる。見回りの途中に立ち寄ったのだろう。茶をもてなしているのは『宇野屋』の一人娘・お絹だった。

「どうぞ、お掛け下さいまし。ただいま、お茶を……」

と座蒲団をすすめるお絹に、

「いや、構わんでくれ」

手をふりながら、

「筆と墨を買いにきたのだ。短鋒四本と墨を二本もらえんか」

直次郎がいった。短鋒とは穂の短い筆のことをいう。安いもので十六文ぐらいだった。

お絹が筆と墨を紙につつんで差し出した。それを受け取って金を払い、

「邪魔したな」

と軽く会釈《えしゃく》をして店を出ると、伸之介が小走りに追ってきた。

「何か用か?」

「仙波さんほどの人が使いっ走りなんて」

といって、伸之介は絶句した。

「おれはこれっぽっちも気にしちゃいねえさ」

直次郎は恬淡《てんたん》と笑い、

「それより、おれに何か?」

「ちょっと、ご相談したいことが」

思いつめた顔でいう。

「そばでも食うか」

直次郎が顎をしゃくった。

二人は品川町の路地裏のそば屋に入った。冷や酒二本と蒸籠《せいろ》そばを二枚注文する。

「で、相談てのは？」

運ばれてきた酒を手酌でやりながら、直次郎が訊いた。仲之介は酒には手をつけず、黙然と蒸籠そばをすすっている。一拍の間をおいて、

「つくづく役所には愛想がつきました」

「例の一件か？」

「ええ、備前屋の秀次郎の一件です。裏でどんな取り引きがあったのか知りませんが、人殺しを野放しにしておくなんて、わたしには我慢がなりません。役所を辞めようと思うんです」

「気持ちはよく分かるが、おまえさんが辞めたところで、役所は痛くもかゆくもねえ。何も変わりゃしねえさ」

「わたしの良心の問題です」

「良心か……。蛙《かえる》の子は蛙だ。親父さんによく似てきたな」

直次郎は苦笑した。仲之介の父・高木清兵衛は五年前の夏、肝ノ臓をわずらって他界した。健在であれば、仲之介と同じことをいったであろう。いや、もっと早く、上役に十手を叩きつけて奉行所を出ていったかもしれぬ。

「辞めるのはおまえさんの勝手だが、そのあとの生活《たつき》はどうするつもりなんだ？」

「寺子屋の師匠にでもなろうかと」

「当てはあるのか」

「はい」

それはお絹が持ってきた話だった。『宇野屋』の得意先の一つに、下谷新寺町《したやしんてらまち》の『正慶寺《しょうけいじ》』という寺があった。その寺の和尚《おしょう》が近所の子供たちを集めて読み書き十露盤《そろばん》を教えていたのだが、この数年で寺子が急増したために、和尚一人では手が回らなくなり、「どこぞによい師匠でもおれば」と、お絹に相談を持ちかけてきたのである。

「寺子屋の師匠か」

猪口をかたむけながら、直次郎がつぶやいた。

「母と二人なら、何とか食べていけると思います」

「公儀の禄を離れたら、身分の保証は何もねえんだぜ。覚悟はできてるのか」

「できています。武士に未練はありません」

きっぱりといった。

「そこまで腹が固まってるんなら、おれがとやかくいう筋合いじゃねえ。好きなようにやってみるがいいさ。おれも陰ながら応援する」

「ありがとうございます」

「だが、急ぐことはねえ。辞める気ならいつでも辞められる。じっくり考えてから結論を出すこったな」

「はい」

憑《つ》きものが落ちたように、仲之介の顔が耀《かがや》いた。

第五章　淫獣《いんじゅう》

1

奉行所からの帰り、直次郎は日本橋萬町の生薬屋『井筒屋』に立ち寄った。「浄心散」を買うためである。できれば、まとめて半月分も買っておきたかったが、生憎《あいにく》、持ち合わせがなかったので十包ほど調剤してもらった。薬代を払って手元に残ったのは、わずか一朱である。

（そろそろ次の仕事をやらなきゃ）

直次郎は内心あせっていた。半次郎からは一向に「仕事」の声がかからない。佐太郎殺し以来、梨のつぶてである。もっとも「仕事」を差配しているのは、元締めの寺沢弥五左衛門なのだから、半次郎を責めても仕方がないのだが……。

（今日は真っすぐ帰るか）

思い直して踵《きびす》をめぐらせた。

暮色が迫っている。あちこちの路地から煮炊きの煙に混じって、酒の匂いがただよってくる。その誘惑から逃れるように、直次郎は足を速めた。

「旦那」

ふいに背後で女の声がした。振り向くと、人混みの中に、髪結いの台箱を背負った小夜の姿があった。にっこり笑いながら歩みよってくる。

「お帰りですか」

「ああ」

歩きながら、直次郎はちらりと小夜の顔を見ていった。

「無事に本懐《ほんかい》をとげたな」

「本懐？」

「伊佐次のことよ」

「旦那、なぜそれを？」

「おれの目は千里眼《せんりがん》だ」

くすっ、と小夜が笑った。

「何がおかしい？」

「あたしのことを気にかけてくれたんですね」

「気になるのは、おめえのことより次の仕事だ」

「なんだ、つまらない。……手元不如意《てもとふにょい》ってわけ？」

「崖っぷちだ。酒も飲めねえ」

「この間の仕事料は？」

「とうに使っちまったさ」

「金遣いが荒いんだねえ。旦那」

あきれ顔でいった。

「半次郎はどうしてる？」

「さあ、本人に聞いてみたら」

そっけなくいって、小夜は傾きかけた台箱をよいしょと背負い直した。

「おめえ、居場所を知ってるのか」

「行ってみる？」

小夜は足を速めてずんずん歩いていく。

日本橋川の北岸の通りを東に下って行くと、魚河岸に出る。

この魚河岸は商《あきな》い高一日千両といわれ、鴉《からす》の鳴かぬ日はあっても魚河岸が休む日はなかったという。もっとも魚河岸が活況を呈するのは明け方だけで、この時刻になるとほとんど人影は絶えて、ひっそり静まり返っている。

河岸通りをさらに東へ下り、荒布《あらめ》橋をわたって東詰めを右に曲がると小網《こあみ》町である。

川岸にへばりつくように掘《ほ》っ建《た》て小屋が立っていた。小屋の前には丸太組の桟橋があり、そこに一艘《そう》の猪牙《ちょき》舟がもやっていた。河岸通りから、その小屋の前まで石段がつづいている。

「あの舟小屋か？」

こくんとうなずいて、小夜は石段を下りていく。直次郎もあとにつづいた。

「半さん、いる？」

小夜が中に声をかけると、着流しの半次郎がうっそりと出てきた。

「八丁堀の旦那が話があるって」

半次郎はあたりに鋭い目をくばって、

「どうぞ」

と二人をうながした。

小屋の中は四坪ほどの土間になっている。入ってすぐ右側に石を積み重ねて造った竈《へっつい》があり、奥には人ひとりが横になれるほどの板敷があった。夕飯の支度をしていたらしく、竈には鍋がかかっている。直次郎と小夜は壁ぎわの空き樽《あきだる》に腰をおろした。

「ここで寝起きをしてるのかい？」

「へえ」

「まるで〝野ぶせり〟だな」

笑いながら小屋の中を見回した。〝野ぶせり〟とは、鎌倉末期、山野に潜伏してゲリラ的遊撃戦を得意とした武装農民のことをいい、「野伏」または「野臥」とも書いた。

「で、あっしに話ってのは？」

半次郎が訊いた。例によってまったくの無表情である。声にも感情がない。

「あれ以来、さっぱり声がかからねえんで、気になっていたんだ。次の仕事はいつごろになる？」

「いつ、といわれても」

困惑げに目を伏せた。

「大体でいいんだ。仕事のめどさえつきゃ、銭のほうは何とかやりくりがつくからな」

「探索中の仕事が一つあるんですが……」

「ほう」

「あと十日ばかり待っておくんなさい」

「十日か」

直次郎はため息をついた。

「たぶん大きな仕事になると思います。それまでどうかご辛抱を」

「仕事料の前借りってわけにはいかねえのか？」

「旦那」

横合いから小夜が口をはさんだ。

「そんなこと半さんにいったって無理だよ。直接、元締めに掛け合ってみたらどう？」

「うむ」

「夕飯の邪魔しちゃ悪いから、さ、行こう」

まるで駄々《だだ》っ子をあやすように、直次郎の手をとって立ち上がった。

「旦那、お金のことばっかりいってるけど……」

歩きながら、小夜がいった。

「いったい何に使ってるの？」

「ほとんどは女房の薬代に消える。残りは酒」

「と、女？」

「馬鹿なことをいうな。女に使う銭がありゃ酒を飲んでるさ」

「体に悪いよ。そんなにお酒ばっかり飲んでたら」

「こう見えても、いろいろと気苦労があってな。ついつい飲んじまうんだ」

「今日は真っすぐ帰るの？」

「飲みたくても先立つものがねえ。あと十日の辛抱だ」

「うちで飲んでいく？」

「そうだな、軽くゴチになっていくか」

小網町から瀬戸物町の小夜の家までは、ほんの数丁の距離である。

家に着くと、小夜は背負っていた台箱を部屋のすみに下ろし、行燈に火をいれて台所に去り、酒の支度をはじめた。とんとんとまな板を叩く音が聞こえてくる。

直次郎は壁にもたれて、ぼんやり宙を見つめていた。脳裏にお艶と小夜の顔が交互に明滅している。性格も、生きざまも、男の愛し方もまったく違うこの二人の女を、直次郎は等しく「可愛い」と思う。

お艶は情念の女である。たとえば、歌舞伎《かぶき》十八番『助六《すけろく》』に登場する花魁《おいらん》・揚巻《あげまき》が吐いた台詞《せりふ》、「情夫《まぶ》がなければ女郎は闇」を地で行くような一途さが、お艶にはあった。

一方の小夜は、男のように気性のさっぱりした女である。言葉も態度も屈託《くったく》がなくて、妙にべたつくところがない。そのくせ男に抱かれると、身も世もなく雌《めす》犬《いぬ》のように狂悶《きょうもん》する。そこがまた何ともいえず可愛いのである。

「お待たせ」

丸盆に徳利二本と香の物の小鉢をのせて、小夜が入ってきた。直次郎の前につつましやかに腰をおろし、どうぞ、と酌をする。

一気に喉に流しこんだ。芳醇《ほうじゅん》な香りとこくのある、うまい酒である。

「いい酒だ。上方《かみがた》の酒か？」

「灘《なだ》の下《くだ》り酒。あたし、お酒にはうるさいんですよ。注《つ》いでくれる？」

と猪口を差し出した。

「おめえ、たしか二十《はたち》だったな」

酌をしながら、直次郎が卒然と訊いた。

「二十一」

「まだ娘ざかりだ」

「娘なんてとうの昔の話さ」

「おれから見れば、まだまだ小娘だ」

「旦那はいくつ？」

「三十一」

「男ざかりだね」

揶揄《やゆ》するようにいって、ころころと笑った。直次郎は憮然《ぶぜん》と顔をしかめた。

「早えとこ、こんな稼業からは足を洗ったほうがいいぜ」

「こんな稼業って？」

「裏稼業」

「ご忠告はありがたいけど、当分やめる気はありませんね」

「いつまでつづけるつもりなんだ？」

「あたしね。日本橋のど真ん中に床《とこ》をかまえたいんだよ。大きな髪結い床をね」

「その金が貯まるまでやるつもりか」

「そ」

直次郎が指を折って計算する。

「ひと月三両ずつ貯めて年に三十六両。まあ、四、五年はかかるだろうな」

小夜は不貞腐《ふてくさ》れたように手酌で酒をあおり、

「見かけによらず、旦那ってつまんないお人だね。考え方がまともすぎるよ」

「まとものどこがいけねえんだ？」

「あたしを抱いてくれる？」

「あ？」

一瞬、呆気《あっけ》にとられ、

「いや、今夜はやめとく」

「奥さんが怖いから？」

「う、うん。まあな」

「それがまともってことさ」

「ちっ、食えねえ女だ」

「じゃ、抱いてごらんよ」

挑発するようにいう。

むきになって小夜の肩を引き寄せた。

「よし、抱いてやる」

「あ、駄目」

するりとかわして、小夜は立ち上がった。

「その前にお風呂に入ろ」

「風呂？」

「家を出るときに沸かしておいたの」

跳ねるように部屋を出ていった。

「お、おい」

直次郎もあわてて追う。

台所の奥に小さな脱衣場があった。小夜はもう着物を脱ぎ捨てて素っ裸になっている。戸を開けて風呂場に入っていった。直次郎もすばやく脱いだ。

江戸の町家に据風呂《すえぶろ》（自家風呂）が普及したのは、五十数年前の天明年間である。それまでは大名・旗本や富裕な商家など、一部の上流階級だけにかぎられていた。江戸は水が少なく、井戸を掘るのに多額の金がかかったからである。天明《てんめい》年間（一七八一〜八九）には、掘抜き井戸を掘るのに二百両もかかったという。ところが、文化《ぶんか》年間（一八〇四〜一八）に上方から井戸掘の職人がやってきて、〝あふり〟という道具を使って掘りはじめてからは、簡単に、しかもわずか三両二分で井戸が掘れるようになった。それ以来、一般の町家にも急速に据風呂が普及し、いまでは貸家に風呂があるのは珍しくなくなった。

直次郎が風呂場に入っていくと、小夜は流し場に座りこんで、糠袋《ぬかぶくろ》で体を洗っていた。濡れた体がつやつやと光っている。小ぶりだが形のよい乳房、きゅっとくびれた腰、肉づきのよい太股。立て膝をした股間の奥に黒々と茂る秘毛……。直次郎は思わず小夜の背後に座り込み、両手を回して乳房をわしづかみにした。

「旦那もせっかちだねえ」

小夜がその手をふり払って、

「先にお風呂に入ってよ」

「ああ」

立ち上がってざぶんと湯桶に身を沈める。ほどよい湯加減だ。

「いい湯だ。おめえも入んなよ」

「二人は無理さ」

「なに、おれの膝の上に乗りゃ大丈夫だ」

というや、腕を伸ばして小夜の体を軽々とかかえ上げ、子供を抱くようにして湯桶の中に入れた。ざざっと湯があふれ出る。直次郎の腕の中にむき玉子のようにつるつるした小夜の裸身がある。張りのある肌理《きめ》のこまかい肌だ。抱きながら小夜の口を吸い、一方の手で尻をなでまわす。

「すべすべして気持ちがいいぜ」

「あ、うふん……。あたしも……、気持ちいい」

小夜が鼻を鳴らして体をくねらせる。

乳房をもみしだきながら、指先で乳首をつまむ。梅の実のように固くなっている。それを口にふくみ、舌先でころころと転がしながら、前歯で軽く噛む。

「ああっ」

と小夜がのけぞった拍子に、ざざっと湯が流れ出た。小夜の手が直次郎の下腹にのびた。一物は鋼のように硬直している。それを指先でつまみ、自分の秘所にあてがった。つるりと下から垂直に入った。よがり声をあげながら、小夜は激しく尻を上下させる。そのたびに湯桶の湯がざぶんざぶんと大きく波打ち、滝のように流れ落ちた。

極限に達した。

雄叫びにも似た奇声を発して、直次郎は果てた。同時に小夜の体が一尺（約三十センチ）ほど湯桶から跳びあがり、白い泡沫が淡雪のように湯面にわき立った。

2

浅草阿部川《あべかわ》町の西側は、大小の寺院が甍《いらか》をつらねる寺地である。

この寺地に、地元の者でなければ知らない怪しげな遊所があった。大乗院《だいじょういん》と万福寺《まんぷくじ》の間にある、「柳稲荷横町《やなぎいなりよこちょう》」と里称《りしょう》する横路地がそれである。

薄暗い路地の両側には、淫靡《いんび》な明かりを灯した曖昧宿《あいまいやど》が立ちならび、あちこちの暗がりに、白塗りの女たちが幽霊のように惘然《ぼうぜん》と突っ立って客を待っている。

俗に「山猫」とよばれる私娼たちだ。

その路地から、若い男がふらりと出てきた。備前屋のせがれ・秀次郎である。曖昧宿で遊んできたのだろう。だが、それにしてはどこか冴《さ》えない顔をしている。

あの一件以来、秀次郎はひたすら隠忍自重《いんにんじりょう》の日々を送っていた。お民殺しの容疑で大番屋にぶち込まれたことが、よほど堪《こた》えたのだろう。日中は家の中に閉じこもって洒落《しゃれ》本などを読みふけり、夕方になるとふらりと外出してすぐにもどってくる。そんな毎日がつづいていた。

だが、表向きの顔とは裏腹に、秀次郎の「心の病」は深く、ひそかに進行していた。娘の死体を凌辱《りょうじょく》したときの、あの峻烈《しゅんれつ》な快感がいまなお脳髄《のうずい》にこびりついている。体の奥底からこみあげてくる禁断の欲情は、むしろ日増しにつのるばかりだった。それをまぎらわすために「柳稲荷横町」の曖昧宿に通いつづけていたのである。

私娼に対する秀次郎の行為は異常をきわめた。嫌がる女を金で口説《くど》いて曲芸まがいの性技を要求したり、ときには女を縛りあげて暴行を加え、もだえ、苦しみ、泣き叫ぶさまを冷ややかにながめたりと、金にあかして玩弄《がんろう》のかぎりをつくした。

だが……、

それでも秀次郎の病んだ心は満たされなかった。相手はしょせん金で色をひさぐ淫売女である。横を向けといえば横を向くし、泣けといえば泣きもする。その従順さが妙に白々しかった。おわってみれば、何もかもがただ虚《むな》しいだけである。冴えない顔の理由はそれだった。

「酒でも飲むか」

ぼそっとつぶやいて、秀次郎は足を速めた。

万福寺の前の道を真っすぐ北に向かうと広い通りに出る。右は浅草寺《せんそう》、左は新寺町である。秀次郎は左に折れた。下谷車坂下《したやくるまざかした》の行きつけの居酒屋に行こうと思ったのである。

時刻はすでに六ツ（午後六時）をまわっていた。四辺は夕闇が忍び寄り、行き交う人影もなく、ひっそりと静まりかえっている。

新寺町の地名どおり、通りの右側にはずらりと寺がならんでいる。この地に寺が建てられたのは正保《しょうほう》（一六四四～四八）ごろで、その数は二十カ寺にのぼるという。

東岳寺《とうがくじ》の門前にさしかかったときだった。秀次郎は人の気配を感じて足をとめ、夕闇の奥に目をやった。前方の土塀の切れ目から、若い娘が出てきた。

（あの娘は……）

年のころは十八、九。色白のぽっちゃりした顔。どこかで見たような娘である。

すぐに思い出した。先日、茅町一丁目の茶店で高木伸之介と茶を飲んでいた娘・お絹である。むろん、秀次郎はお絹の名も素性も知らない。だが、顔だけは鮮明に憶えていた。

ふいに秀次郎の顔が醜怪《しゆうかい》にゆがんだ。その胸中にたぎり立つものがあった。高木伸之介への烈《はげ》しい憎悪と怨み、そしてお絹への、あの禁断の欲情である。

獲物をねらう野獣のように背を丸め、足音をしのばせてお絹のあとを追った。

お絹は駒下駄《こまげた》の音をかろやかにひびかせながら、家路をいそいでいた。正慶寺からの帰りだった。この四月、新しく正慶寺の寺子屋に登山《とうせん》（入学）した寺子たちの、手習いのための筆や墨、硯《すずり》などを納品しての帰りである。

勾配《こうばい》のゆるい下り坂にさしかかったとき、突然、それが襲ってきた。まるで黒いつむじ風だった。背中に異様な風圧を感じて振り向いた瞬間、お絹の体がふわりと宙に浮いた。

秀次郎だった。片手でお絹の口をふさぎ、もう一方の手を腰に回して、横抱きにするように抱えあげていた。

声をあげる間もなく、西光寺《さいこうじ》の山門脇の雑木《ぞうき》林にひきずりこまれた。

お絹を草むらに押し倒すと、秀次郎はけだもののように眼を血走らせ、両手でお絹の首をぐいぐい絞めあげた。みるみるお絹の顔から血の気がうせてゆく。眸《め》を大きく見ひらき、苦しそうに眉を寄せ、白い唇をわなわなと顫《ふる》わせている。その苦悶《くもん》の表情がたまらなかった。

くっくくく……。

喉の奥で低く嗤《わら》いながら、秀次郎は首を絞めつづけた。充血した左右の目はあらぬ方向を向いている。狂気をふくんだ目である。

お絹の口と鼻孔から血泡が噴き出した。瞳孔《どうこう》がひらき、呼吸《いき》も止まっている。

秀次郎の背中をかきむしっていた手から力がうせて、だらりと草むらに落ちた。

秀次郎はゆっくり上体を起こすと、お絹の着物の下前を大きくはぐり、腰の物をたくしあげた。白蠟《はくろう》のようにつややかな下半身がむき出しになる。股間に一叢《ひとむら》の茂みがあった。それを指先でかきわける。絶命寸前に失禁したのだろう。薄桃色の花弁はしとどに濡れていた。

指を入れてみると中はまだ温かい。秀次郎はおのれの着物の裾をたくしあげ、ふんどしの脇から一物をつまみ出した。隆々と怒張している。ためらいもなくそれを突き差した。

そのころ――。

高木仲之介は、三味線堀の堀端の道を、新寺町に向かって歩いていた。右手に『宇野屋』から借りてきた提灯《ちょうちん》をぶら下げている。

この日は、仲之介にとって、人生の転換点ともなるべき重要な日だった。数日間、熟慮に熟慮をかさねたすえ、奉行所を辞める決意をしたのである。そのことをお絹に伝えようと思って『宇野屋』を訪ねたのだが、お絹は使いに出ていて留守だった。

「もうじき戻ると思いますので、どうぞ、中でお待ちくださいませ」

母親のお芳《よし》が仲之介を客間に通した。そこで茶を飲みながらお絹の帰りを待ったが、半刻（一時間）たっても、一向にもどってくる気配はなかった。不安に駆られて、

「心配だ。わたしが迎えに行ってきます」

と『宇野屋』を出て、新寺町に向かったのである。

下谷七軒町の通りに出た。このあたりは大名の上屋敷や大身の旗本屋敷が密集している。酒井大学頭《さかいだいがくのかみ》の屋敷の堀にそって東へ下り、二丁ほど行って左に曲がった。この小路を抜けると新寺町の通りに出る。左手に点々と明かりが見えた。車坂町の町家の明かりである。

突き当たりの左角に小さな豆腐屋があった。閉ざした板戸の節穴から、わずかに明かりが洩れている。明日の朝の仕込みをしているのだろう。中からかすかな物音が聞こえてくる。

豆腐屋の角を左に折れた。そこから東に向かって、ゆるい登り坂がつづいている。墨を刷いたような漆黒の闇のなかに、寺院の伽藍《がらん》や堂宇《どうう》が黒々と影をつらねている。

二丁（約二一八メートル）ほど行くと、左側に西光寺の山門が見えた。そこで伸之介の足がはたと止まった。道端に小石ほどの小さな物が落ちている。提灯の明かりを近づけて、それを見た瞬間、

（これは……！）

伸之介の顔が凍りついた。金糸綾《きんしあや》の匂い袋である。拾い上げてみた。丁子《ちょうじ》と白《びゃく》

檀《だん》の甘い香りがする。疑うまでもなく、その匂い袋は三日前に伸之介がお絹に贈ったものだった。

（まさか）

と思いつつ、提灯の明かりを雑木林に向けた。道端から林の奥に向かって下草が踏み倒されている。明らかに何者かが足を踏み入れた痕跡だった。その瞬間、伸之介の漠然とした不安は、戦慄《せんりつ》に変わっていた。声にならぬ叫びをあげて、雑木林に飛びこんだ。

果たせるかな、そこに見たのは、下半身をむき出しにしたまま絶命している、お絹の無惨な姿だった。両脚が大きく開かれている。露出した太股が透き通るように白い。その白さが目にしみるほど痛々しかった。

伸之介の目が一点に吸いついた。秘孔のまわりに白濁した粘液が付着している。

（あいつだ！）

直観的にそう思った。備前屋のせがれ・秀次郎である。それ以外に考えられなかった。お民殺し以来、しばらく鳴りをひそめていた秀次郎がふたたび牙を剝《む》きはじめたのだ。

（むごい……！）

胸が張り裂けるような思いで、伸之介は草むらにかがみ込んだ。大きく開かれたお絹の両脚をそろえ、はぐられた着物の下前をかさね合わせると、静かに頭《こうべ》をたれて亡骸《なきがら》に合掌《がっしょう》した。悲しみは怒りに変わっていた。身の内が震えるような烈々《れつれつ》たる怒りである。

（許せぬ！）

立ち上がるなり、猛然と走った。

背をまるめ、髪をなびかせ、飛ぶように走る。さながら孤狼《ころう》の疾駆《しっく》だった。新堀川にかかる菊屋《きくや》橋をわたり、東本願寺《ひがしほんがん》の門前を駆けぬけ、田原町の路地を走りぬける。

駒形《こまがた》に出た。突き当たりを右に折れると、蔵前である。通りの左側に幕府の御米蔵、右側に札差の豪壮な屋敷が軒をつらねている。どの家もすでに大戸は下ろされていた。

天王橋をわたると、すぐ右手に『備前屋』はあった。

ドン、ドン、ドン……。

激しく大戸を叩く。ややあって中から足音が聞こえ、

「どちらさまでしょうか？」

嗄《しわが》れた声がした。

「南町の高木だ。秀次郎に話がある。開けてくれ」

くぐり戸が開いて、初老の番頭が目をしょぼつかせながら、けげんそうに顔をのぞかせた。先日、秀次郎をしょっ引いたときに店にいた番頭とは、別の男だった。見るからに律儀《りちぎ》そうな顔をしている。

「生憎《あいにく》ですが、若旦那は留守でございます」

「どこへ行った？」

「深川でどなたかに会うと申されていましたが」

「いつ戻る？」

「さあ」

「戻るまで中で待たせてもらう。入れてくれ」

「それは困ります。家人も床につきましたので、今夜のところは、どうか、お引き取りくださいまし」

ばたん、とくぐり戸が閉まった。

「お、おい、開けろ！　開けてくれ！」

中からかんぬきが掛けられたらしく、押そうが叩こうが、頑《がん》として戸は開かない。

「畜生」

憤然と吐き捨てて戸口に座りこむと、腰の差料《さしりょう》を鞘ごとぬいて地面に突き立て、怒りにたぎる目を闇にすえた。

3

「旦那さま」

廊下を駆けてきた番頭が、奥の部屋の襖をがらりと引きあけた。

「帰ったか?」

と振り向いたのは、惣右衛門である。

「いえ、店の前に座りこんでおります」

「そうか。戸締まりはしたんだね?」

「はい」

「じゃ、おまえさんはもう寝《やす》みなさい」

「あのまま放っといてもよろしいのでしょうか」

「心配しなくてもいい。そのうちあきらめるさ」

「はあ……、では」

と一礼して、番頭は立ち去った。それを見送って、惣右衛門は部屋のすみに目をやった。秀次郎が両膝をかかえて、怯《おび》えるように体を震わせている。

「おまえ、何を為出《しで》かしたんだ」

いつになく厳しい口調で問い詰めた。

「な、何も」

「本当に何もしていないんだな」

「本当だよ。あいつはおれを目の仇《かたき》にしてるんだ。おれは何もしちゃいない。あいつが勝手に追いかけ回してるだけなんだ」

子供が言い訳をするように、口に泡を飛ばして一気にまくしたてる秀次郎を、惣右衛門は憐《あわ》れむような目で見た。

秀次郎には幼いときから虚言癖があった。本人は嘘をつくことが悪いことだとは少しも思っていない。そのころから善悪の弁別がつかなかったのだ。この子には何かが欠落している。親の目にも明らかだった。不肖《ふしょう》の息子ほど可愛いというが、可愛さを超えて秀次郎が不憫《ふびん》でならなかった。

「父さん、助けておくれよ。あいつは……、おれを殺そうとしてるんだ」

「秀次郎」

惣右衛門が慰《なぐさ》めるように声をかけた。

秀次郎の母親は、秀次郎を産んで間もなくこの世を去った。母親の顔を知らず、乳母《うば》や女中たちに育てられた一人息子の秀次郎を、惣右衛門は盲目的に溺愛した。欲しがるものは何でも与え、嫌がるものは虫一匹でも徹底的に排除した。そんな異常とも思える父子《おやこ》関係は、秀次郎が成人した今もつづいている。

「心配するな。わたしの目の黒いうちは、指一本触れさせやしないさ」

「父さん」

「あの男は、わたしが何とかする。その代わり、おまえは当分家を出てはいかん。よいな。ほとぼりが冷めるまで一歩も出るんじゃないぞ」

「はい」

素直にうなずいた。惣右衛門は突き出た腹をかかえるようにして立ち上がると、手燭《てしよく》をもって部屋を出ていった。

廊下から裏庭におりる。三百坪はあろうかという宏大《こうだい》な庭である。手入れの行き届いた植木や石灯籠《いしどうろう》、奇岩巨石が見事に配されている。

小砂利《じやり》をしきつめた径《みち》を行き、枝折戸《しおりど》を押して庭の奥へ歩をすすめた。右奥に土蔵が二棟、左手に入母屋《いりもや》造りの離れが立っている。居間の障子にほのかに明かりがにじんでいる。惣右衛門が濡れ縁《えん》の前に歩みよると、からりと障子が開いて、人影が立った。

「わしに何か？」

大槻源十郎だった。備前屋の用心棒に雇われてから、大槻はこの離れ家を住まいにしていた。一人で酒を飲んでいたらしく、目のふちがほんのり紅い。

「夜分恐れいります」

惣右衛門が丁重に頭を下げた。

「ちょっと、ご相談したいことが。よろしいですか？」

「うむ」

と、顎をしゃくって、惣右衛門を中にうながした。

ゴーン、ゴーン……。

浅草弁天山の時の鐘が鳴りはじめた。四ツ（午後十時）を告げる鐘である。

寝静まった街に陰々とひびきわたる鐘の音を、伸之介は虚《うつ》ろに聴いていた。備前屋の店先に座りこんでから、すでに一刻（二時間）あまりがたっている。その間、店の前を通ったものは一人もいなかった。野良猫が一匹、音もなくよぎっただけである。

ついさっきまで胸が高鳴るほどたぎり立っていた怒りも、今はいくぶんおさまっている。

冷静に考えてみると、先刻の番頭の言葉も疑わしいものだ。見るからに律儀そうな男だったが、伸之介の剣幕《けんまく》におどろいて、とっさに嘘をついたのかもしれない。

――いっそのこと、くぐり戸を蹴破って中に踏みこもうか。

とも考えたが、万一、奉公人たちに阻止されて不首尾におわるようなことがあれば、逆に伸之介のほうが罪に問われる恐れがある。町方役人といえども、むやみに商家に侵入することは許されないからだ。そうなれば二度と秀次郎を討つ機会はないだろう。

思い直して、伸之介はゆっくり立ち上がった。いずれほとぼりが冷めれば、秀次郎はまた動き出すにちがいない。そのときを待とうと思った。

たとえ一月《ひとつき》先になろうが、一年先になろうが待ちつづけ、そして必ず討つ。

（それまで首を洗って待っておけよ）

と唾棄《だき》するようにつぶやくと、仲之介は踵《きびす》をかえして足早に立ち去った。

前方の闇に浅草御門橋の明かりがにじんでいる。この橋は奥州街道の出入り口として、また江戸城の外郭門（見附《みつけ》）として重要な役割を担っていた。造りは枡《ます》型櫓《がたやぐら》門、番士が二十四時間体制で警備に当たり、一般市民の夜間の通行は禁じられている。

仲之介は、浅草御門橋の前を素通りして、上流の新し橋をわたった。突きあたりは小身旗本の屋敷がひしめく武家地である。右へ行くと松下町にぬける登り坂があった。その坂道にさしかかったとき、小走りに追ってくる足音を聞いて、仲之介は不審げに振り返った。

人影が五、六間にせまっていた。肩幅の広い、がっしりした体軀《たいく》の浪人――大槻源十郎である。全身から棘《とげ》のような殺気を放射していた。だが、人を斬ったことのない仲之介には、それを看取《かんしゅ》することができなかった。

「わたしに……？」

何か用があるのか、と訊くつもりだったが、次の言葉は声にならなかった。無言のまま、大槻が抜きつけの斬撃を送ってきたのである。切っ先をかわすのがやっとだった。

「そうか！」

瞬時に事態を察した。

「貴様！　備前屋の手の者だな！」

叫びながら抜刀した。大槻が刀を水平にかまえて、じわっと間合いをつめてくる。刺突《しとつ》の構えである。仲之介は正眼《せいがん》に構えた。剣尖を目の高さにつけている。

真剣での斬り合いの場合、何よりも重要なのは相手の目の動きを見ることである。剣尖を目の高さにつけていたのでは、それが見えない。実戦で斬り合いの経験を積んできた大槻と、道場の竹刀稽古《しないけいこ》で剣を学んできただけの仲之介との技量の差がそこにあった。

しゅっ。

大槻が突いてきた。かろうじてかわしたものの、切っ先が左脇腹をかすめ、焼けるような痛みが左半身に奔《はし》った。二、三歩よろめきながら、逆袈裟に斬りあげた。大槻はすぐさま手首をかえして、刀の峰でそれを受け止めた。

（な、なんだ、これは！）

愕然《がくぜん》と息を呑《の》んだ。押しても引いても、刀はびくとも動かない。まるで磁石に吸いつけられたように相手の刀にぴたりとくっついている。これは馬庭念流《まにわねんりゅう》の「そくひ付け」という受け太刀《たち》である。「そくひ」とは飯粒で作った糊《のり》のことをいう。

刀刃《とうじん》を合わせたまま、大槻がぐいぐい押し込んでくる。刀が離れない。離そうとすれば押し込んでくる。押し返せば一歩引いてまた押し込んでくる。なすすべがなかった。

ふいに大槻が上体を大きくひねった。

（離れる！）

と思った瞬間、右の脾腹《ひばら》に激痛が奔り、一瞬、息がつまった。同時に大槻の体は一間後方に跳んでいた。伸之介は信じられぬ目で、おのれの脇腹を見おろした。脇差《わきざし》が鍔《つば》もとまで深々と埋まっている。離れぎわに刺されたのだ。傷口から流れ出した血が脇差の柄をつたって、地面にぼたぼたとしたたり落ちている。

刀を上段に振りかぶって斬りかかってくる大槻の姿を、伸之介は棒立ちになったまま、薄れる意識の中でぼんやり見ていた。

刃唸《はうな》りとともに刀が一閃《いっせん》した。

仲之介が見たのはそこまでだった。地の底に沈んでいくように、体がゆっくり折り崩れてゆく。それを見届けて刀を鞘におさめると、大槻は背後の闇をふり返って、

「おわったぞ」

低く声をかけた。路地の暗がりから男が大八車を曳《ひ》いて出てきた。地回りの富五郎である。大槻が死体の脇腹に突き刺さった脇差を無造作に引きぬいた。

「あとは頼む」

町方同心の死体を、このまま放置しておくわけにはいかなかった。近くには武家屋敷もある。見つかれば、すぐに大騒ぎになるだろう。死体はできるかぎり備前屋から遠ざけなければならない。そのために富五郎に大八車を用意させたのである。

4

翌朝――。

奉行所に出仕するなり、直次郎は例繰方の米山兵右衛から仲之介の死を知らさ

れた。

「そ、それはまことですか！」

　動転して、声が裏返った。

「今朝はやく、佃島の漁師が浜辺に流れついた死体を見つけたそうです。いましがた役所に運ばれてきましたよ」

「まさか、いや、この目で確認してきます」

　部屋を飛び出し、中廊下を駆けぬけて、表玄関に出た。

　表門の右奥に、犯罪容疑者を留置する仮牢《かりろう》が二棟あり、それに隣接して、身元不明の死体や変死者の死体を塩漬けにして仮安置する死体置場があった。

　死体を検分するのは検死与力《けんしよりき》の役目だが、この場合は、直次郎にも確認する権限があった。その死体が間違いなく伸之介であれば、「両御組姓名帳」（南北両町奉行所の職員録）から高木伸之介の姓名を抹消しなければならないからである。

　戸を引きあけて中に入った。

　奥で検死与力の須藤《すどう》が筵《むしろ》の上の死体を検分していた。

「両御組姓名掛の仙波です。死体を検《あらた》めさせていただきます」

「ご苦労」

須藤が立ち上がって、直次郎に場所をゆずった。

まぎれもなく、それは高木伸之介の死体だった。死体をのぞき込んだ瞬間、直次郎は全身が粟立《あわだ》つほどの戦慄《せんりつ》をおぼえた。

端整な伸之介の顔が眉間から鼻、口、顎《あご》にかけて真っ二つに叩き割られていた。右の脇腹には抉《えぐ》られたような刺し傷がある。得物が刀であることは一目瞭然だった。

「下手人は侍ですな」

ぼそりといった。

「それを判断するのは、わしの役目だ。余計なことはいわんでいい。確認が済んだら下がってくれ」

須藤が叱《しか》りつけるようにいった。

「失礼しました」

ぺこりと頭を下げて、直次郎は足早に出ていった。

奉行所の奥の薄暗い自室にもどった。書棚から両御組姓名帳を取り出し、「高木伸之介」の欄に朱筆で消し線を入れた。筆先がかすかに震えた。なんとも虚《むな》しかった。人の命がたった一本の朱線で消える。そこには死者への哀悼《あいとう》の意も、憐《れん》憫《びん》の情も、惜別《せきべつ》の言葉もない。

たった一本の朱線。

それで仲之介は南町奉行所から永遠に消えたのである。

感傷にひたる間もなく、さらなる衝撃的な知らせが直次郎のもとに届いた。

『宇野屋』の娘・お絹が新寺町の西光寺わきの雑木林の中で、手込めにされたうえ殺害されたというのである。

その知らせを受けた瞬間、直次郎の胸中に一つの答えが出ていた。

(仲之介殺しの下手人は備前屋の手の者に違いねえ)

日本橋石町の午《ひる》の鐘が鳴りおわらぬうちに、直次郎は奉行所を出て、近くの飯屋で茶漬けをかきこむと、何かに追い立てられるように足早に深川に向かった。

胸の中が焼けるように熱い。久しく忘れていた怒りという感情が、直次郎の身の内でふつふつと煮えたぎっていた。

永代橋をわたり、東詰めを左に曲がる。そこでふと足をとめて、周囲に鋭い目をくばり、ふたたび歩き出した。

佐賀町の堀に架かる小さな木橋を渡った。中ノ橋という。渡ってすぐのところを右に折れて、掘割沿いの道をしばらく行くと堀川町に出る。

路地の奥に黒文字垣をめぐらせた小粋な仕舞屋《しもたや》がみえた。寺沢弥五左衛門の家である。網代《あじろ》門をくぐって玄関の前に立ち、

「ごめん」

と中に声をかけると、足音がひびいて、

「どなたかな？」

低い声が返ってきた。

「仙波です」

「どうぞ、お入りなさい」

戸を引きあけて中に入った。弥五左衛門がおだやかな笑みを浮かべて立っている。

「元締めに折り入って話があるんですが」

「うかがいましょう」

直次郎を奥の客間に通した。

「さっそくだが、おれの仕事を請けてもらえませんかね」

着座するなり、単刀直入に切り出した。

「持ち込みですか」

弥五左衛門の顔にためらいがよぎった。困惑の表情である。「闇の殺し人」からの持ち込み仕事は、原則として断ることにしている。金目当てに仕事を持ちこまれたら際限がないからである。むろん、直次郎もそのことは重々承知している。

「で、殺しの相手というのは？」

「実は……」

直次郎は事件の一部始終を語り、最後にこう結んだ。

「獲物は備前屋惣右衛門とせがれの秀次郎。おれ一人で叩き斬ってもいいんだが、それじゃ『闇の殺し人』の仲間に加わった意味がない。この仕事、ぜひ元締めに買ってもらいたいんで」

「なるほど」

弥五左衛門がうなずいた。

「わかりました。備前屋父子《おやこ》の命、わたしが買い取りましょう。ただし、二、三日、待っていただけませんか」

「何か都合の悪いことでも？」

「あなたの話を信用しないわけではありませんが、念のために半次郎に子細《しさい》を調べさせたいのです」

「分かりました。連絡《つなぎ》を待ってます」

一礼して、直次郎は立ち上がった。

役所に戻る気がしなかった。鉛《なまり》を飲み込んだように胸が重い。

伸之介とお絹の死。こんな事件が起きなければ、いずれ二人は添《そ》い遂《と》げていただろう。それを想うと、改めてやり場のない怒りと悲しみがこみ上げてくる。無意識裏に路地角のそば屋に入っていた。冷や酒を二本注文し、こみ上げてくる怒りと悲しみを飲み下すように、一気に腹の中に流し込んだ。

翌日は非番だった。

午少し前、直次郎は久しぶりに妻の菊乃を連れて外に出た。陽気がよくなったせいか、このところ菊乃の体調はすこぶるいい。食欲も出てきたようなので、

「たまには外でうまいものでも食おうか」

と、さそったのである。とはいえ、まだ遠出は無理なので、八丁堀からほど近い白魚橋の『定八』に行くことにした。『定八』は夜は居酒屋、昼はめし屋をや

っている。

「うまい魚を食わせる店なんだ。そこで初鰹《はつがつお》でも食おうか」

「いいんですか、そんな贅沢をしても」

「なに、銭が足らなきゃ、おまえを質に入れてでも食うさ」

「まあ……」

菊乃は口に手を当ててくすくすと笑った。

紅葉川に架かる弾正橋をわたったところで、

「あら」

と菊乃が足をとめて一方に目をやった。川端の道を若い武士がやってくる。武士も二人の姿に気づいて足をとめた。例繰方・米山兵右衛の娘婿・中瀬数馬である。歳は二十五、眉目の涼しげな端整な面立ちをしている。

「仙波さん」

数馬が歩みよってきた。

「やあ、数馬どの。米山さんから聞きましたよ。奥さんがご懐妊だそうで。おめでとうございます」

「ありがとうございます」

照れるように頭を下げて、

「おそろいでどちらへ？」

「たまには外で食事をと思いまして」

菊乃が微笑《わら》って応える。

「数馬どのはどちらへ？」

直次郎が訊きかえした。

「仕事で佐久間町河岸まで。奥さまのお体の具合はいかがですか」

「おかげさまで、だいぶよくなりました。美和さんにもくれぐれもお体を大事になさるよう、お伝えくださいませ」

菊乃がそういうと、数馬は深々と頭を下げて、

「では、失礼いたします」

足早に去っていった。その後ろ姿を目を細めて見送りながら、

「いい若者だ」

直次郎がつぶやいた。

「美和さんも幸せね。あんなやさしい旦那さまを持って」

「ん？……まさか、おれに当てつけてるわけじゃねえだろうな」

「そんな」

菊乃は、また口に手を当ててくすくすと笑った。そんな菊乃の晴れやかな笑顔を、直次郎はひさしぶりに見たような気がした。

中瀬数馬は勘定吟味役配下の吟味方改役である。役高は百五十俵。御目見《おめみえ》である。御目見とは、将軍に謁見《えっけん》できる身分をいい、御目見以上を旗本、御目見以下を御家人とするのが通説になっている。

勘定吟味役は、勘定奉行から独立した役職で、幕府の財務全般に対して不正がないかどうかを監視する、いわば会計監査官のような存在である。

幕府財政が逼迫《ひっぱく》する中、勘定吟味役の職務は多忙をきわめた。

目下《もっか》、幕府がかかえている最大の問題は「天保の大飢饉」によって、諸国から江戸に流れこんできた難民の救済対策だった。記録によれば、江戸市中で一カ月に百二十二人の餓死者が出、行き倒れ百人、捨て子五十三人、盗賊百五十七人、湯屋の着逃げが百五十八人も出たという。この数字を見ても、いかに江戸の市政が混乱し、治安が乱れていたかが分かるであろう。

老中・水野忠邦が発令した旧里帰農令、いわゆる「人返し令」も、しょせん焼け石に水だった。

いまなお神田佐久間町河岸の「お救い小屋」では、数千人の難民が暮らしている。その「お救い小屋」を管轄《かんかつ》しているのは、江戸の市政をつかさどる町奉行所なのだが、この一年あまり、難民に支給される「お救い米」が極端に不足しているとの苦情が殺到したため、

(町奉行所の内部に、お救い米の流通を滞《とどこお》らせるような欠陥があるのではないか)

と看《み》て、数馬が調査に乗り出したのである。

神田川に架かる和泉橋をわたった。

橋の北詰めに左右に細長くのびる町屋が神田佐久間町である。土手の下に丸太組、板屋根、筵《むしろ》囲いの粗末な小屋が、ひしめくように立ち並んでいる。六年前(天保七年)に、幕府が難民を収容するために建てた「お救い小屋」である。その後、品川や板橋《いたばし》、千住《せんじゆ》、内藤新宿《ないとうしんじゆく》の四宿にも増設された。

あちこちから煮炊きをする細い炊煙《すいえん》が立ちのぼっている。小屋の前では粗末な身なりの老人や女子供たちが、白湯《さゆ》のように薄い粥《かゆ》をすすっていた。

お救い米を配給する小屋の前にも長蛇の列ができ、佐久間町の町役五人組がて

んてこ舞いで米を配っていた。町役五人組というのは町の自治組織で、名主・地主・家主などの民間人がこの任にあたっている。

「少々訊ねたいことがあるのだが」

五人組の一人に声をかけた。五十年配の小柄な男である。

「勘定吟味方改役の中瀬と申す」

「お役目ご苦労さまでございます」

男が丁重に頭を下げた。

「お救い米が足りぬそうだな」

「はあ、ごらんのとおり」

と小屋の奥に目をやった。積み重ねた米俵はほとんど空になっている。

「一日四俵や五俵ではとても間に合いません」

「町奉行所に増量を要請したのか」

「はい。再三再四」

「それで？」

「上方からの廻米が遅れている、もうしばらく待ってくれとの一点張り。とりつくしまもございません」

「そうか」

「きのうも乳飲み子が一人餓死しました」

「乳飲み子が？」

「母親が飢えておりまして、赤子に飲ませる乳が出ないのです」

「…………」

惨状察するにあまりある。いうべき言葉もなかった。

「一日も早く十分な米が届くよう、中瀬さまのほうからも、お奉行所に働きかけていただければと」

「わかった。実情を精査した上、早急に対策を講じよう」

「よろしくお願い申しあげます」

すがるような目で低頭する男に軽く会釈を返して、数馬は立ち去った。

5

佐久間町からふたたび和泉橋をわたって日本橋に出ると、数馬は勘定所にはもどらず、そのまま東海道を西へ上っていった。

芝口橋《しばぐち》をわたり、宇田川町《うだがわ》、神明町《しんめい》を経由して増上寺の門前をすぎると、やがて前方に橋が見えた。新堀川に架かる金杉橋《かなすぎ》である。

橋をわたって南詰めをすぐ右に曲がり、川沿いの道を西へ向かってゆく。道の左手につらなる長大な海鼠塀《なまこ》は、筑後久留米藩《ちくごくるめ》・二十一万石の有馬玄蕃頭《ありまげんばのかみ》の上屋敷である。その海鼠塀が切れたところに、左に折れる小路があった。角には赤い鳥居が立っている。

数馬は小路を曲がって鳥居をくぐった。

小路の奥に有馬候が勧進した水天宮《すいてんぐう》がある。祭神は天之御中主《あめのみなかぬし》。平家の没落後、建礼門院《けんれいもんいん》の命により、水没の天皇・平氏一族を祀《まつ》って水神の加持祈禱《かじきとう》を行ったのがはじまりで、尼御前《あまごぜん》として崇《あが》められ、毎月五日の縁日のにぎわいは、増上寺の裏門あたりから往来がひしめき、新堀川に架かる赤羽橋の上は行く人帰る人で押し合いへし合いの有り様だったという。

有馬の水天宮は、水難除けや大漁祈願などのほかに、

〈難産の嫁は玄蕃の水をのみ〉

と川柳にあるように、安産の神さまとしても知られていた。数馬がこの水天宮に参拝に来たのは、懐妊している妻・美和の安産祈願と守り札をもらうのが目的

だったのである。

数馬の家は、水天宮からほど近い飯倉《いいぐら》一丁目にあった。大小の旗本屋敷や寺院が立ち並ぶ閑静な町である。百五十俵高の軽格とはいえ、幕府から下賜《かし》された拝領屋敷の敷地は二百五十坪ほどあり、周囲は山茶花《さざんか》の垣根がめぐらされ、門は冠木門である。

玄関に入ると、足音を聞きつけて奥から妻の美和が出てきた。色白の楚々《そそ》とした女である。下腹のふくらみがかなり目立っている。

「お帰りなさいまし」

「誰か来ているのか？」

沓脱《くつぬ》ぎにそろえられた草履《ぞうり》を見て、数馬がけげんそうに訊いた。

「ええ、父が来ています」

「ほう、お義父《ちち》上が」

そそくさと草履を脱いで式台に上がり、

「帰りがけに有馬の水天宮に立ち寄って、安産の守り札をもらってきた」

と守り札を美和に手渡し、奥の居間に向かった。

米山兵右衛が庭を見ながら茶を飲んでいた。

「お義父上」

「おう、帰られたか」

「ようこそおいでくだされました」

「この近くに所用があったので、ついでにちょっと立ち寄らせてもらいました」

「折角《せっかく》おいでになられたのですから、夕飯でもご一緒にいかがですか」

「いやいや、老妻が待っておるので、そうのんびりとはしておられんのです」

美和が茶を運んできて、数馬の前に置いた。

「娘の元気な姿を見て安心しましたよ。お忙しいんですか？　仕事のほうは」

「ええ、難問が山積《さんせき》してましてね。あ、そうそう、お義父上にお訊ねしたいことが」

「どんなことでしょう？」

「お救い小屋に米を支給するのは、どなたの掛《かか》りですか」

「本来は町会所掛の職分なのですが、御奉行が鳥居さまに代わられてからは、御支配与力の仁杉さまが直々《じきじき》に差配なされているようです」

「御支配与力の仁杉さまが……？」

「それがどうかしましたか」

「いえ、別に……」

と言葉を濁して、かたわらの美和に兵右衛の茶をいれなおすよう命じた。相手が岳父《がくふ》とはいえ、町奉行所の人間に仕事の秘密を打ち明けるわけにはいかなかった。

——仁杉与左衛門。

南町奉行・鳥居耀蔵のふところ刀といわれている男である。その仁杉が直々にお救い米を差配するというのは、どうにも解《げ》せない。裏に何かからくりでもあるのか。

四宿のお救い小屋の実態も調べてみる必要がある、と数馬は思った。

同じころ——。

神田佐久間町河岸のお救い小屋では、お救い米の支給をおえた町役五人組が、空になった米俵や作業台などを片づけて帰り支度をしていた。

「では、わたしはお先に」

と、ほかの四人に一礼して、早々と立ち去ったのは、佐久間町三丁目の裏店の家主・上総屋庄助《かずさやしょうすけ》だった。歳のころは四十二、三。額が禿《は》げあがり、眉が薄く、抜け目のなさそうな目つきをしている。

庄助が向かったのは、日本橋の堀江町だった。堀江町は東堀留川の西岸に沿って一丁目から四丁目まであり、履物・傘問屋をはじめ、乾物問屋、穀物問屋など、さまざまな問屋が密集する町である。

堀江町二丁目の角地に、『笠倉屋』の看板をかかげる米問屋があった。江戸でも五指に入るという大きな米問屋である。庄助はその店の前までくると、表からは入らず、裏に回って板塀の切戸口《きりどぐち》から庭に入った。

途方もなく広い庭である。垣根で仕切られた小径の北側には、土蔵造りの米蔵が四棟、奉公人の住まいらしい長屋が二棟立っている。垣根の南側には回廊をめぐらせた切妻《きりづま》造りの豪壮な母屋があり、中庭には池や四阿《あずまや》などもあった。

女中に来意を告げると、ややあって奥からあるじの利兵衛が出てきた。歳は五十一だが、髪も眉も黒く、顔はぎらぎらと脂ぎっていて、実年齢より二つも三つも若く見える。

「何か急用でも？」

「ぜひお耳に入れておきたいことが」

内密の話であることは、庄助の声や表情からもすぐ察しがついた。利兵衛は周囲にすばやく目をくばって、

「どうぞ、お上がりください」

と居間に招じ入れた。

茶を運んできた女中が下がると同時に、庄助がうめくようにいった。

「面倒なことになりましたよ」

「と申しますと？」

利兵衛がいぶかる目で訊きかえした。

「勘定吟味方の探《さぐ》りが入りました」

「何ですって！」

「実情を精査した上で対策を講じると」

「そのお役人の名は？」

「吟味方改役の中瀬と申しておりました」

「そうですか」

ぎらりと利兵衛の目が光った。

「精査する、と申していたのですね」

「では、まだ上までは話が通っていないでしょう。いまなら打つ手もあります」

利兵衛の顔にふっと笑みがわいた。不敵ともいえる、したたかで老獪《ろうかい》な笑みである。

「ご心配にはおよびません。その件は手前にお任せください」

「はあ」

「上総屋さんには、いろいろとご面倒をおかけしています」

といって利兵衛は立ち上がり、床の間の違い棚の上の手文庫から切餅一個（二十五両）を取り出すと、

「これで、町役五人組のみなさんのご苦労をねぎらってやってください」

庄助の膝前においた。つまり、その金で町役五人組を懐柔《かいじゅう》してくれというのである。庄助は瞬時にその意味を理解した。ためらいもなく切餅をふところにおさめると、人目につくといけませんので、と早々に退出していった。

かつて庄助は、この界隈で繰綿《くりわた》問屋をいとなんでいたことがある。「上総屋」はそのときの屋号である。ちなみに繰綿とは、木綿に加工する前の綿花のことをいい、おもに繰綿会所で延売買《のべうりかい》（先物取り引き）された。

綿の生産は気候に左右されやすく、値動きの激しい品物なので、素人《しろうと》が手を出すと大火傷《やけど》をすることがある。その例にもれず、庄助も辛酸《しんさん》をなめさせられた。商いを始めてわずか一年目で、突然、繰綿相場が大暴落して、倒産の危機に立たされたのである。そのとき資金援助をしてくれたのが、笠倉屋利兵衛だった。

幸いにも、その翌年《きゆうち》（天保六年）、天候異変がつづいて繰綿相場が急騰したために、かろうじて窮地を脱することができたが、それに懲りた庄助は、借金を清算してさっさと店をたたみ、神田佐久間町の裏店を買い取って家主におさまったのである。

いまでこそ町役五人組の一人として末席に名をつらね、それなりに羽振りのいい暮らしをしているが、それもこれも笠倉屋の旦那のおかげだと、庄助は心から利兵衛に感謝していた。

だが……、

庄助が考えているほど、利兵衛は慈悲深い男ではなかった。繰綿相場が暴落したとき、絶好の商機と見て底値買いに走ったのが、結果的に庄助の窮地を救っただけのことである。そのときの取り引きで、利兵衛は庄助が得た利益の数倍の利益を手にしている。商いに疎《うと》い庄助は、そのことを知らなかった。

　二日後の夕刻、直次郎のもとに弥五左衛門から連絡があった。意外にもそれを伝えにきたのは、半次郎ではなく小夜だった。

　奉行所からの帰途、比丘尼橋の北詰めにさしかかったところで、突然、小夜が小走りに駆けよってきたのである。髪結いの台箱は背負っていなかった。紫紺の小袖に黒繻子の帯という小ざっぱりした身なりである。

「仕事か」

　直次郎が小声で訊くと、

「小網町の舟小屋」

　それだけいって、小夜はさっさと歩いていった。そのあとを追って直次郎も足を速めた。

　まだ七ツ（午後四時）をすぎたばかりである。魚河岸通りの混雑を避けるために、二人は日本橋川の南岸の道をたどり、下流の江戸橋をわたった。橋の上から半次郎の舟小屋が見えた。細い煙がゆらゆらと立ちのぼっている。

　人目を警戒して、小夜が先に小屋に入り、やや間をおいて直次郎が入った。土間に一歩足を踏み入れた瞬間、直次郎は「おや？」という顔で足元に目をやった。

荒筵《あらむしろ》で体を簀巻《すま》きにされ、口に猿轡《さるぐつわ》を噛まされた男がころがっている。かたわらの空き樽に腰をおろして、半次郎と万蔵が冷ややかにその男を見下ろしていた。

「何だい？　この野郎は」

「備前屋に出入りしていた地回りの富五郎です」

応えたのは、万蔵だった。

「地回り？」

「この男が洗いざらい吐きやしたよ」

半次郎がいった。相変わらず顔にも声にも感情がない。直次郎はもう一度、足元の富五郎に目をやった。顔が蒼黒《あおぐろ》く腫《は》れあがり、目のふちや小鼻のわきに血がにじんでいる。半次郎に手ひどく痛めつけられたのだろう。目は半眼にひらいたままだ。

万蔵が言葉をついだ。

「高木伸之介さんを殺したのは、備前屋の用心棒で大槻源十郎って浪人者。むろん、殺しを頼んだのは備前屋のあるじ・惣右衛門です」

「下手人は用心棒か」

直次郎がつぶやいた。苦い物を噛みくだくような口調である。

「これで決まりだね」

と小夜が上目づかいに直次郎を見る。

「うむ」

「この仕事は、旦那に差配してもらいやしょうか」

万蔵がいった。直次郎の「持ち込み仕事」であることを、三人は知っている。

「よし」

と大きくうなずいて、

「大槻源十郎はおれが殺《や》る。万蔵」

「へい」

「おめえは惣右衛門を殺ってくれ」

「承知しやした」

「じゃ、あたしは秀次郎」

小夜がきらりと目を光らせた。それを受けて半次郎が、

「これから仕事料は前金で払うようにと、元締めからおおせつかってきやした。

今回は一人一両ということで」

空き樽の上に三枚の小判をおいた。

「不服があれば、降りてくださっても結構です」

「………」

思わず三人は顔を見交わした。仕事料に不満があったわけではない。いきなり金を差し出されたので、やや面食らったのである。

ためらう二人を尻目に、直次郎が空き樽の上の小判に手を伸ばした。ついで万蔵がつかみ取り、最後に小夜が小判をとった。これで取り引きは成立である。

「この男はどうする？」

足元にころがっている富五郎を見おろして、直次郎がいった。

「とっくに死んでおりやすよ」

万蔵がにべもなくいって、爪先で富五郎の頭を軽く蹴った。すると、手毬がころがるように富五郎の顔がごろりと横を向いた。無惨にも首の骨がへし折られていた。

第六章　一殺多生《いっせつたしょう》

1

廊下に足音がひびいた。

文机《ふづくえ》に向かって帳合いをしていた惣右衛門が、ふと立ち上がって襖を引きあけた。足を止めて振り返ったのは、秀次郎である。

「出かけるのか」

「ああ」

「どこへ行くんだ？」

「おれの知り合いが上野池之端《うえのいけのはた》に居酒屋を開いたんだよ。その祝いがてらにちょっと」

これは半分事実で、半分嘘だった。知り合いの店ではないが、上野池之端にいかがわしい飲み屋があった。その店へ行くつもりである。惣右衛門はそれ以上深く訊かなかった。

「あまり遅くならないうちに帰ってくるんだぞ。金はあるのか」

「酒を飲むぐらいは」

「これを持って行きなさい」

と金箱から小判を二枚取り出して、秀次郎に手渡し、

「番頭に駕籠《かご》をよぶようにいっておくれ」

「父さんも出かけるのかい？」

「株仲間の寄り合いがあるんだ」

「ふーん」

気のない顔でうなずき、秀次郎はそそくさと出ていった。

惣右衛門は、蔵前片町・天王町・森田町の札差《ふださし》組合の月番行司をつとめている。月番行司というのは、前記三町の札差から月ごとに選ばれる者のことをいい、ほかの札差たちの監督や組合の運営を行うのがおもな任だった。今夜は三町

六組による月例の寄り合いが、浜町の料亭で行われることになっていた。

寄り合いといっても、べつに堅苦しい会合ではない。月に一度三町の旦那衆が料亭に集まり、芸者をあげて派手に酒宴を張るだけのことである。

この日、惣右衛門は朝から上機嫌だった。息子・秀次郎の天敵ともいうべき高木伸之介がこの世から消えてくれたおかげで、心配の種がなくなり、心おきなく寄り合いに出席できるからである。今夜は存分に羽根をのばそうと、朝から心待ちにしていたのだ。

「旦那さま、駕籠がまいりました」

廊下で番頭の声がした。

「おう、来たか」

そわそわと立ち上がって部屋を出た。

店の大戸はすでに下ろされている。惣右衛門はくぐり戸から外に出た。

惣右衛門をのせた駕籠は、柳橋をわたって両国広小路を横切り、そのまま真っすぐ西に向かった。しばらく行くと浜町堀にかかる汐見橋の北詰めに出た。駕籠はそこを左に折れて、堀端の道を東に下っていった。

道の左側は橘町である。踊子と称する転び芸者の巣窟《そうくつ》で、夜はほとんど人通りのない物寂しい町並である。

橘町の南はずれの路地角に、廃屋同然の空き家があった。以前は足袋《たび》屋の家だったらしく、軒先に足形の古びた木製の看板がぶら下がっている。その家の屋根の上に、まるで大鴉《がらす》が止まっているかのように、全身黒ずくめの男がうっそりと立っていた。

万蔵である。

右手に縄鏃《じようぞく》を持ち、束ねた革紐の輪を肩にかけている。

闇の奥にちらりと小さな明かりがよぎった。その明かりがしだいに接近してくる。駕籠の棒鼻《ぼうばな》にぶらさげた小田原《おだわら》提灯の明かりである。万蔵が右手を高々とかざして、縄鏃の革紐をまわしはじめた。先端の鏃《やじり》がうなりをあげて回転する。

駕籠が眼下に迫った。俗に「あんぽつ」とよばれる竹で編んだ町駕籠である。駕籠の簾《すだれ》があげられ、両脇からでっぷり肥《ふと》った惣右衛門の体がはみ出している。

駕籠が縄鏃の射程内に入った。およそ五間(約九メートル)の距離である。

ひゅっ。

万蔵の手から縄鏃が放たれた。

闇を引き裂いて銀光が奔《はし》り、尾を引くように革の細紐が流れてゆく。

手応えがあった。縄鏢の尖端が惣右衛門の左胸をつらぬいていた。すぐさま革紐をしゃくった。引きぬかれた鏢が一閃して宙に舞った。すばやく革紐をたぐりよせる。縄鏢の尖端が跳ねるように回転して、万蔵の手にもどった。

すべてが一瞬だった。先棒はともかく、後棒の駕籠かきも、縄鏢が飛んできたことにまったく気づいていない。惣右衛門の体がぐらりとゆらいで駕籠の外にころげ落ちたとき、はじめて異変に気づいた。

「だ、旦那！」

駕籠を止めて、駕籠かきが駆けよった。惣右衛門が仰向けに地べたに倒れている。その胸から凄まじい勢いで血しぶきが噴出するのを見て、

「げッ」

度肝をぬかれて二人は奔馳《ほんち》した。

空き家の屋根の上から、万蔵の姿は消えていた。

同じころ——。

秀次郎は上野不忍池の池畔《ちはん》の道を歩いていた。

色とりどりの灯りが池面に映えている。この界隈《かいわい》には小料理屋、居酒屋、煮売

り屋、一杯飲み屋、そして出逢茶屋《であいぢゃや》などがひしめき、手近な遊び場として遊冶郎《ゆうやろう》たちの人気を集めていた。

秀次郎が向かっているのは、池之端仲町の『紫《むらさき》』という飲み屋だった。薄衣をまとった若い酌女が、客にいかがわしい接待をするというので評判になっている店である。

池畔の道から表通りに出ようとしたとき、

とん。

と肩にぶつかってすれ違った女がいた。振り返ると、女も背を返してこちらを見た。やや濃いめの化粧、弁慶縞《べんけいじま》の着物に黒繻子の襟、白いうなじがぞくっとするほど色っぽい。

「ごめんなさい」

艶冶《えんや》な笑みを浮かべて、女がちらりと頭を下げた。小夜である。秀次郎の顔がほころんだ。

「姉さん、どこの店につとめてるんだい？」

「ふふふ、あたしは素人ですよ。陽気にさそわれてこのあたりをぶらついていただけさ」

「よかったら、一杯付き合わねえか」

「それより抱いてみる気はない？」

「あ」

虚をつかれたような顔になった。

「なんでえ、売女《ばいた》か」

「冗談じゃないよ。ただで抱かれる売女がどこにいるっていうんだい」

「ただ？」

「嫌ならおよしよ」

くるっと背を向けて歩き出した。

「お、おい、待ちなよ」

追いかけて小夜の手をとった。

「気にさわったら勘弁してくれ。おめえのようないい女が、いきなり抱いてくれなんていうもんだから、てっきりその手の女じゃねえかと」

「立ち話も何だから、さ、こっちへ」

と秀次郎を桜の木の陰にさそった。秀次郎の目がぎらぎらと光っている。小夜がたおやかな腕を秀次郎の首にからめて、ささやくようにいった。

「いいことをしてあげようか」

「こんなところでか？」

「あんたにはお似合いの場所だと思うけど」

「どういう意味だい？　そりゃ」

「こういう意味さ」

と、いうなり、髪に差した銀の平打ちのかんざしを引き抜いて、秀次郎の盆《ぼん》の窪《くぼ》に突き刺した。肉をつらぬく鈍い音とともに、かんざしの尖端が顎《あご》の下に飛び出し、喉もとに糸をひくように血がしたたり落ちた。

一気にかんざしを引きぬいた。ぐらりと秀次郎の体がゆらぐ。それを桜の木の幹に押しつけた。まるで抱き合っているような恰好である。そのかたわらを、

「ようよう、お二人さん。お安くないねえ」

嫖客《ひょうかく》が野卑《やひ》な冷やかし声をかけて通りすぎていった。

小夜はゆっくり体を離して、かんざしの尖端の血しずくを秀次郎のたもとでぬぐい取ると、何事もなかったようにその場を立ち去った。ほどもなく、秀次郎の体がずるずると崩れ落ち、根方《ねかた》に座りこむような形でとまった。

すぐ近くの道を絶え間なく人が往来している。

だが、秀次郎の死体に気づくものは誰もいなかった。

両国橋を本所側に渡って、北詰めをすぐ右に曲がったところに、本所一といわれる盛り場があった。尾上《おのえ》町である。町の西側は大川に面し、南側は竪川《たてかわ》の河口に面した片側町で、総坪数は八百三十坪。貸座敷や会席の料理見世《みせ》、水茶屋などの大見世が軒をつらね、軒行燈や提灯、雪洞《ぼんぼり》が昼をあざむかんばかりの明かりを放っている。

その華やかなにぎわいの中に、大槻源十郎の姿があった。今朝方、備前屋惣右衛門から高木伸之介殺しの特別報酬として五両の金をもらった。その金で久しぶりに旨いものを食って、女を抱いてきた帰りである。

金ほど正直なものはない、と大槻はつくづくそう思う。金さえあれば、あらゆる人間の欲望は満たされる。「金が仇の世の中」とはよくいったものだ。

大槻が上州高崎の馬庭念流道場から姿を消したのも、実は金がらみだった。師範代の地位を目前にしながら、道場の金五十両を拐帯《かいたい》して逐電《ちくてん》したのである。その後、追剝《おいはぎ》まがいの悪事をかさねながら諸国を流浪し、三年前に江戸に流れついた。

江戸には金の成る木がわんさと生《は》えている。しかも腕一本でその金をつかみ取ることができるのだ。大槻にとって江戸はまさに極楽だった。

両国橋の東詰めを素通りして、入堀に架かる駒留橋をわたり、大川東岸の土手道を上流の吾妻《あづま》橋に向かって歩いた。混雑する両国橋をわたるのが、鬱陶《うっとう》しかったからである。

大川を吹き渡ってくる川風が、酔った体を心地よくねぶってゆく。

道の左側には大身旗本の屋敷が立ちならび、長大な築地塀がつらなっている。その築地がちょうど切れたあたりで、大槻はふと足をゆるめた。

前方から人影がやってくる。長身の侍だった。近くに武家屋敷があるのだから、侍がこの道を往来するのは、べつに不審なことではない。だが、その侍のいでたちが異様だった。夜中だというのに黒漆の塗笠をかぶり、しかも無羽織の着流しである。

せまい道で侍同士が行き合った場合、刀の鞘当てを避けるために、互いに左に寄ってやり過ごすのが礼儀であり、暗黙の作法である。それを知ってか知らずか、長身の侍はやや背をかがめ、道の真ん中をまっすぐ突き進んでくる。左によける気配も見せない。

大槻の手が刀の柄頭にかかった。擦《す》るように足を進め、

「無礼な！」

一喝して鯉口《こいぐち》を切った。刹那《せつな》、
しゃっ！

侍の刀が一閃した。心抜流、紫電《しでん》の居合《いあい》斬《ぎ》りである。柄頭をにぎった大槻の右手が両断されて宙に飛んだ。が、それにも怯《ひる》まず、

「き、貴様！」

跳び下がりながら左手で脇差を抜きはなち、片逆手の上段に構えた。

「大槻源十郎だな？」

侍が塗笠のふちを押し上げて、低く誰何《すいか》した。直次郎である。目星はつけていたが、とどめを刺す前に念を押しておきたかった。

「わ、わしに何の怨みがあるというのだ！」

絶叫した。両断された右手の切り口から血がぼたぼたとしたたり落ちている。

「怨みがあるのはおれじゃねえ。高木伸之介って町方同心よ」

「高木？」

「三途《さんず》の川の向こう岸で、手ぐすね引いておめえを待ってるぜ」

「お、おのれ！」

地を蹴って斬りこんできた。直次郎は腰を落として下から薙《な》ぎあげた。刀刃が大槻の首のあたりできらめいた。血しぶきが飛び散り、一瞬、両者の動きが止まった。直次郎は切っ先を突き上げたまま半腰で立っている。そのかたわらに大槻が仁王立ちしている。

ごろん。

と何かが土手道にころがった。大槻の首だった。ついで首のない胴体がゆっくり、巨木が倒れるように前のめりに崩れ落ちていった。それが地に伏せるのを待たず、直次郎は刀の血ぶりをして鞘におさめ、もう歩き出していた。

2

ほぼ同じ時刻。

漆黒の闇に塗り込められた中山道《なかせんどう》を、江戸に向かって足早に歩いていく武士の姿があった。菅笠《すげがさ》、袖無し羽織、裁着袴《たつつけばかま》というでたちの中瀬数馬である。

板橋宿のお救い小屋の実情を視察しての帰りだった。

数馬が懸念していたとおり、板橋の難民たちへのお救い米もやはり不足していた。本来は一日八俵の米が必要なところを、実際には六俵しか届いていなかったのである。

お救い米は、町奉行所が市中の米問屋から米を買い上げて、それを神田佐久間河岸、品川宿、板橋宿、千住宿、内藤新宿の五カ所のお救い小屋に配る、という仕組みになっていた。米の買い上げ資金は、寛政《かんせい》三年（一七九一）に老中・松平定信《まつだいらさだのぶ》が窮民救済のために創設した七分積金《しちぶつみきん》の中から支出されている。

仮に一カ所のお救い小屋で一日二俵の不足があったとすれば、五カ所で十俵、月に三百俵の米が消えたことになる。時代によって米価に多少の変動はあるが、米一石（三俵）の平均価格を一両として計算すると、じつに月百両、年間千二百両の巨額の金が煙のごとく消えたことになるのである。

この事実を町奉行所が見過ごすはずはない。知っていて黙認しているのか、それとも奉行所ぐるみで不正に関与しているのか。

米山兵右衛は、お救い米を差配しているのは、同心支配役与力の仁杉だといった。一度仁杉の身辺を調べてみる必要があるだろう。

あれこれ思案しながら、数馬は帰路を急いでいた。

雲が流れ、月が顔を出した。右奥に見える樹葉の繁りは、白山権現《はくさんごんげん》の大銀杏《いちょう》の樹である。この大銀杏は遠いところからも望見《ぼうけん》できるので、街道を往来する旅人の目印にもなっていた。

白山前で道は中山道と日光街道に分かれている。その分かれ道にさしかかったとき、数馬はふと足をとめて、前方の闇を透かし見た。人影が大股にやってくる。武士とも町人ともつかぬ着流しの男だった。饅頭笠《まんじゆうがさ》を目深《まぶか》にかぶっている。数馬は無意識に一歩後ずさっていた。体が本能的に反応したのだろう。右手は刀の柄にかかっていた。

「中瀬どのだな？」

くぐもった、陰気な声がした。

「…………」

数馬は応えなかった。代わりに刀を抜いている。正眼に構えた。剣尖がぶるぶると震え、腰が引けている。武芸の心得のあるものなら、この時点で勝負の帰結を見たにちがいない。

饅頭笠の男は、抜刀する気配も見せず、両手をだらりと下げたまま、大股に歩み寄ってくる。

しゃっ。

先に斬りかかったのは、数馬だった。武士がわずかに上体をそらして切っ先を見切った。きらりと銀光が目の前を流れる。数馬の体がよろめいた。その瞬間、男が抜きつけの一閃を放った。袈裟がけの一刀である。刃先が数馬の肩口から脇腹あたりまで斬り下げていた。

どさっ、と音をたてて数馬の体が仰向けにころがった。衣服が裂け、肉が断ち切られ、白いあばらがのぞいている。ほとんど即死だった。

男は血刀を懐紙でぬぐって鞘におさめると、饅頭笠を押し上げて、冷然と数馬の死体を見下ろした。笠の下からのぞいた顔は、片桐十三郎だった。


それから一刻（二時間）後、両国薬研堀の雑踏の中に、饅頭笠をかぶった片桐の姿があった。わき立つような賑わいの中を、片桐は米沢町一丁目のほうに向かって歩いてゆく。その五、六間前方に、ほろ酔い機嫌で歩いている上総屋庄助の姿があった。行きつけの小料理屋で一杯やってきた帰りである。

庄助は、米沢町一丁目の角を右に曲がって、両国広小路に出、柳橋をわたった。そのあとを片桐がつかず離れずつけてくる。むろん、庄助は気づいていない。

柳橋の北詰めを左に折れた。神田川の川岸に大小の船宿や貸座敷、料理屋などの明かりが帯のようにつらなっている。もう一軒立ち寄るつもりなのか、その明かりの帯をながめながら、庄助は土手道をのんびりと歩いてゆく。

背後にひたひたと足音がひびいた。庄助は首を回してふり向いた。饅頭笠の片桐が大股にやってくる。先を急いでいるのだろうと思い、左に寄って道をあけた。そのかたわらをすり抜けざま、片桐がいきなり刀を抜き放った。甲源一刀流の袈裟斬りである。

「ひッ」

と短い叫びをあげて、庄助がのけぞった。首すじから血が噴出している。二、三歩よろめき、がくっと両膝をついて土手道にへたり込んだ。片桐は刀の血ぶりをすると、ふり向きもせずに大股に立ち去った。その姿が闇に溶け消えていくのと同時に、庄助の体がゆっくり横転し、ごろごろと土手の斜面をころがり落ちていった。

四半刻(三十分)ののち、片桐は堀江町の『笠倉屋』の裏路地に立っていた。あたりに鋭い目をくばり、素早く裏木戸から庭に入った。離れの障子が白く光っている。濡れ縁に歩み寄ると、からりと障子が開いて、笠倉屋利兵衛が姿を現した。

「お待ちしておりました。どうぞお上がり下さい」

部屋では同心支配役与力の仁杉与左衛門が盃をかたむけていた。草鞋《わらじ》を脱いで部屋に上がり、饅頭笠をはずして仁杉の前に着座すると、

「ご苦労」

仁杉がにやりと笑って盃を差し出した。その笑みがすべてを語っていた。片桐に中瀬数馬と上総屋庄助の殺害を命じたのは、この仁杉である。

「これで当面の邪魔者は消えたというわけだ」

そういって、仁杉は満足そうに喉の奥でくくと低く嗤《わら》った。

「上総屋さんには気の毒なことをしましたが、まあ、先のことを考えれば致し方ありません。……ささ、どうぞ」

利兵衛が二人に酒をつぐ。

「ところで笠倉屋」

「はい」

「もう一つ、よい知らせがある」

「と申されますと？」

「つい先ほど廻り方から報告があった。備前屋のあるじ惣右衛門とせがれの秀次郎が何者かに殺されたそうだ」

「ま、まことでございますか！」

「下手人の詮索はともかく、これで備前屋はつぶれる。つまり備前屋の株が明き株になったということだ」

「明き株？」

利兵衛が思わず膝を乗り出した。

浅草御蔵前の札差組合が官許を得たのは、享保《きようほう》九年（一七二四）である。当時の南町奉行・大岡越前守《おおおかえちぜんのかみ》が蔵前の札差を三町に分け、片町組三十一名、森田町組四十七名、天王町組三十一名、合計百九名を定員とした。その後、多少の増減はあったものの、幕末まで札差仲間の人員はほぼ同じであった。

このように札差の営業は許可制であったため、新たにこの業に参画しようとすれば、明き株（欠員株）を譲り受けなければならない。

明き株の値段は時代の推移によって変化している。たとえば、天明《てんめい》年間には抵当として三百両、譲渡価格五百両、文化の末には、五百両から六百両、幕末にはなんと千両の値をつけたという。札差というのは、それほど利が大きく、うま味のある商売なのである。

利兵衛にとっても札差の株は垂涎《すいぜん》の的《まと》だった。

「その方にとっては、まさに棚からぼた餅だな」

仁杉が薄笑いを浮かべた。もとより仁杉はこの事件が偶然だとは思っていない。内心「闇の殺し人」の仕業だと思っている。だが、誰の仕業であろうと、もはや備前屋父子には同情のかけらもなかった。あの二人は殺されるべくして殺されたのである。自業自得といっていい。それより、惣右衛門と秀次郎の死によって、事実上『備前屋』が廃業に追い込まれたことのほうが、仁杉にとっては重要事だった。

札差組合の株の売買の許認可権は町奉行所にある。そして、その裁量を任されているのが同心支配役与力の仁杉だった。

「備前屋の明き株は、わしの一存でどうにでもなる。……笠倉屋」

「はい」

「相場の半額、つまり五百両でそのほうに譲り渡してやってもよいのだが」

「それは願ってもないことでございます」

「その方とはこれからも長い付き合いになりそうだからのう」

そういって、仁杉はまた喉の奥でくくと嗤った。

笠倉屋利兵衛が、お救い米の架空取り引きで得た千数百両の金の半分は、仁杉のふところに還流されていた。その上、さらに備前屋の明き株を譲渡すれば五百両の金が仁杉の手にころがり込んでくる。まさに濡れ手で粟のぼろ儲けだった。

「仁杉さまあっての笠倉屋でございます。今後とも一つよろしくお引き回しのほどを」

利兵衛が満面に笑みを浮かべて、酒をつぎながら、

「おっつけ駕籠がまいりますので、それまでどうぞ、ごゆるりと」

「駕籠？　どこへ行くのだ」

と片桐がけげんそうに訊く。

「いえ、行くのではございません。深川から芸妓たちが来るのです」

「ほう、女を呼んだのか」

仁杉と片桐は思わず顔を見交わして、好色な笑みをきざんだ。その二人が座っている真下あたり――床下の暗がりに、じっと身をひそめて、三人のやりとりに耳をかたむけている人影があった。黒装束の半次郎である。

灯りが消えてひっそり寝静まった町筋を、黒装束の半次郎が風のように走ってゆく。

堀江町の『笠倉屋』から小網町の舟小屋までは指呼《しこ》の距離である。小屋に戻ると、半次郎は黒装束を脱ぎ捨てて、いつもの衣服に着替え、奥の棚から矢立てと料紙を取り出して筆を走らせた。見かけによらずなかなかの達筆である。

3

半次郎は遠州《えんしゅう》の出である。実家は周知郡上久野村《しゅうちごおりかみくの》（現・袋井《ふくろい》市）の庄屋。父親の岡田五兵衛《おかだごへえ》は、掛川《かけがわ》藩の地方御用達《じかたごようたし》をつとめていた。岡田家の四男として生まれた半次郎は、十七歳のときに蘭学《らんがく》を学ぶために江戸に出てきて、麹町貝坂《こうじまちかいさか》の『大観堂《だいかんどう》』という蘭学塾に入門した。

三年前の天保十年（一八三九）、当時、目付職にあった鳥居耀蔵が洋学弾圧を行い、渡辺崋山《わたなべかざん》や小関三英《こせきさんえい》、高野長英《たかのちようえい》など、開明派の学者や吏僚を大量検挙するという事件があった。世にいう「蛮社の獄《ばんしゃごく》」である。その一人・高野長英が主宰していた蘭学塾が『大観堂』だった。

『大観堂』に町方の手が入る直前に、半次郎たち門弟は高野長英の指示で逃亡した。その後、半次郎は江戸近郊の蘭学者の家を転々とわたり歩き、二年前の天保十一年、江戸に潜伏していた寺門静軒、すなわち寺沢弥五左衛門と知り合って「裏の稼業」の手伝いをするようになったのである。

いま、半次郎がしたためているのは、お救い米にからむ不正事件の真相だった。町奉行所と米問屋『笠倉屋』が結託して、お救い米の量を不正に操作しているという噂を耳にしたのは半月ほど前だった。それ以来、ひそかに『笠倉屋』を内偵していたのである。直次郎に「大きな仕事があるから、しばらく待ってくれ」といったのは、そのことだった。

半次郎の役割は、町の噂や些細《ささい》な事件の裏にひそむ「巨悪」の実態を徹底的に調べあげ、それを元締めの寺沢弥五左衛門に報告するのがおもな任である。私情はいっさい差し挟《はさ》まない。事実関係だけを書きつらねて提出する。最終的に断を下すのは、弥五左衛門である。

書き終えた書状を三つ折りにしてふところにねじ込むと、半次郎はふたたび舟小屋を出て、深川の弥五左衛門の家に向かった。

4

小用を足しながら、直次郎はまた同じ言葉をつぶやいた。奉行所内の厠《かわや》である。

「妙だな」

これまで一度も役所を休んだことのない米山兵右衛が、午《ひる》を過ぎても姿をあらわさないのである。昨日、帰りがけに兵右衛の姿を見たときは元気そうだったし、急に具合が悪くなったとも思えない。

「帰りに寄ってみるか」

ひとりごちながら、直次郎は手水鉢《ちょうずばち》で手を洗って厠を出た。

中廊下を抜けて、自室にもどる途中、例繰部屋の前でふと足をとめた。部屋の中に人の気配がある。そっと遣戸《やりど》を開けてみると、部屋のすみに耄《ほう》けたような顔で兵右衛が座っていた。

「米山さん、どうなさったんですか」

「…………」

兵右衛が力なく振り向いた。

「どこか具合でも？」

「娘婿《むすめむこ》が……」

兵右衛が蚊の泣くような細い声で応えた。顔から血の気がうせて紙のように白い。

「数馬どのが何か？」

「殺されました」

「何ですって！」

叫んだまま絶句した。喉がつまって声が出ない。それほどの驚愕《きょうがく》だった。

「今朝早く、白山の自身番屋の小者が知らせに来たんです。それですぐ飛んでいったのですが……まさか、あの数馬どのが……」

悲痛ともいうべき声であり、表情だった。金壺眼《かなつぼまなこ》からほろりと涙がしたたり落ちた。数馬の遺体の前で散々涙を流してきたのだろう。目のふちが赤く腫《は》れている。

「美和どのには知らせたのですか」

「体に障《さわ》るといけないので、まだ……。亡骸《なきがら》はわたしが引き取ることにしました」

「何かお手伝いすることでも？」

「いえ、お気づかいなく」

と弱々しく首をふって立ち上がり、

「そのことを役所に伝えるためにもどってきたのです。これからまた白山に向かいますので、あとのことは一つよろしくお願いします」

「米山さん」

「……………」

兵右衛が悄然《しょうぜん》と振りかえった。

「どうか、お力落としのないように」

「ありがとうございます」

深々と頭を下げると、兵右衛は背を丸めてすごすごと立ち去った。痛々しいほど打ちひしがれた後ろ姿である。直次郎の胸に針で刺されたような鋭い痛みが奔った。

定刻より半刻（一時間）ほどはやく奉行所を退出して、直次郎は八丁堀の兵右衛の組屋敷に向かった。数馬の遺体はもう兵右衛の家に運ばれているはずである。

(あの男が殺されるとは……)

まだ信じられなかった。つい数日前、弾正橋のたもとで数馬に会ったばかりである。美和の懐妊の話をしたら、照れるように笑っていた。あの純朴でさわやかな笑顔が、いまも脳裏に焼きついている。

いったい誰が、何のために中瀬数馬を殺したのか。人の恨みを買うような男ではなかった。物盗りの仕業なら、もっと金のありそうな男をねらうだろう。

どう考えても数馬の死の謎は解けない。

京橋の北詰めにさしかかったとき、

「旦那」

ふいに背後から声をかけられた。振り向くと、半次郎が足早に歩みよってきた。

「半の字か……。何の用だ?」

「仕事です」

低く、ぽつりといった。

「生憎《あいにく》だが、急ぎの用事がある。あとにしてくれ」

すげなくいって直次郎が歩き出すと、その横に半次郎がぴたりとついて、

「ゆうべ勘定方の役人が殺されるという事件がありやした」

「なに」

はたと足をとめて半次郎の顔を射すくめ、

「勘定方って、まさか中瀬数馬って男のことじゃねえだろうな」

今度は半次郎が驚く番だった。

「旦那、その男を知ってるんですか」

「ちょっと待て」

と、いいざま、半次郎の腕をとって路地に連れこみ、

「仕事ってのは、そのことか」

「へえ、くわしい話は舟小屋で……。小夜さんと万蔵さんも来ておりやす」

あいかわらず感情のない声でそういうと、もう半次郎はさっさと歩き出していた。

直次郎は路地に立ちすくんだまま、しばらく往来の人波に目をやっていた。町方同心が船頭風情《ふぜい》と連れ立って歩いていたら、周囲に怪しまれる。半次郎の姿が

人混みに消えていくのを見届けて、ゆっくり歩を踏み出した。

江戸橋をわたり、伊勢《いせ》堀に架かる荒布橋をわたったところで、直次郎はふと立ちどまって、四辺を見わたした。川沿いの道には絶え間なく人が行き交っている。振り売りの行商人、道具箱をかついだ大工、赤子を背負った子守女もいれば、垢衣《こうい》蓬髪《ほうはつ》の願人坊主《がんにんぼうず》もいる。直次郎に不審な目をむける者は誰もいなかった。怪しげな人影もない。気をとり直して川原につづく石段を降りていった。

舟小屋の板戸を引きあけて、すばやく体を滑りこませる。半次郎、小夜、万蔵が空き樽に腰をおろして茶をすすっていた。

戸口に立ったまま、直次郎がぶっきら棒にいった。

「話を聞こうじゃねえか」

「ま、お座りなさいよ」

小夜が空き樽を足で押しやった。それに腰をおろすと、

「では、仕事のあらましを……」

半次郎がおもむろに口をひらいた。

「お救い小屋に配られる米を、町奉行所の役人と米問屋がつるんで食い物にしてたんです」

「それと中瀬数馬とどうつながるんだ」

苛立つように直次郎が訊く。

「その事件を中瀬って役人も探っていたんで」

「すると……？」

「一味に口を封じられたんですよ」

これは万蔵である。小夜が言葉をついだ。

「そのほかにもう一人、上総屋庄助って町役人もね」

小夜と万蔵は、すでに半次郎から事件の詳細を聞いているらしい。

「一味ってのは何者なんだ？」

「南町奉行所の支配与力・仁杉与左衛門と定町廻りの片桐十三郎、それに米問屋の笠倉屋利兵衛」

「仁杉と片桐がからんでいたか」

「中瀬ってお役人を殺したのは片桐だって」

小夜がいった。

「おい半の字、間違いねえんだろうな」

「間違いありやせん。仁杉の命令で片桐が二人を殺したんです」

「そうか」

ぎりっと歯嚙みして、

「米の盗み食いはともかく、中瀬数馬を殺したのは許せねえ」

直次郎の表情が一変した。眉がつり上がり、目の奥にぎらぎらと怒りがたぎっている。

「じゃ、これで決まりだね」

小夜がいう。

「元締めから指令が出やした。獲物はその三人」

と半次郎がたもとから六枚の小判を取り出し、空き樽の上に二枚ずつ重ねて並べた。

「仕事料は一人につき二両です」

「今回はずいぶんとはずんでくれたじゃねえか」

万蔵がにやりと笑って軽口をたたく。

「相手は大物だからね。二両でも安いくらいだよ」

小夜がやり返す。もちろん冗談のつもりだったが、直次郎の険しい顔を見て、万蔵と小夜は気まずそうに笑みを消した。数瞬、重い沈黙が流れた。

「おれは……仁杉を殺る」

直次郎がぬっと腕を伸ばして二枚の小判をつかみ取った。

「では、あっしは片桐を……」

神妙な顔で万蔵も取る。最後の二枚を小夜が取った。

何やら秘密めいた儀式のような雰囲気である。その雰囲気を引きずったまま、三人は一言も言葉を交わさず、それぞれに小屋を出ていった。

5

小夜は、瀬戸物町の自宅にもどると、風呂をわかして湯を浴び、簡単な夕食をとって、身支度にとりかかった。

鏡台の前に座り、髪を梳《す》いて鬢《びん》付け油でなでつける。白粉《おしろい》は額のきわから鼻すじ、喉もと、襟あしにいたるまで念入りに、そしてやや厚めに塗り、眉を濃く書く。唇には、これも普段より濃いめに紅を差し、両頰にもほんのりと紅を塗る。

いうまでもなくこれは玄人《くろうと》の化粧で、江戸時代の身だしなみ読本ともいうべき『女重宝記《おんなちょうほうき》』に、

「（化粧は）うすうすとあるべし。濃く赤きは卑《いや》しく、茶屋のかか（嬶）にたとへり」

と記されているように、一般には下品な化粧法とされていた。小夜があえて濃厚な化粧をほどこしたのは、まさにその〝下品〟さをねらったからである。

衣服は、黒襟をかけた濃紺の盲縞《めくらじま》。襟を大きく抜いた着付けも玄人ふうである。そして、例の銀の平打ちのかんざしを髪に差す。これで身支度はととのった。

石町の五ツ（午後八時）の鐘の音を聞いて、小夜は家を出た。

風もなく、生あたたかい夜である。

伊勢堀の水面《みなも》から白い霧がわきたっている。

行き先は木挽《こびき》町の料亭『浜之屋《はまのや》』。界隈一の大見世である。情報はすでに半次郎から得ていた。今夜五ツ半（午後九時）、笠倉屋利兵衛が『浜之屋』で蔵前の札差・大菱屋《おおびしや》八郎左衛門《はちろうざえもん》と会食をするという。

木挽町は、三十間堀の東岸にそって一丁目から七丁目まである。このうち五丁目の一角は、いわゆる芝居町をなしていて、かってはここに森田《もりた》座、山村《やまむら》座、河原崎《かわらざき》座などがあったが、正徳《しょうとく》四年（一七一四）、絵島生島《えじまいくしま》事件で山村座が取りつぶしになり、現在は河原崎座と合併した森田座を中心に、操《あやつ》り芝居、講釈、浄《じよう》瑠璃《るり》などの小屋が軒をつらね、また芝居茶屋なども華やかに立ち並び、江戸有数の歓楽街として殷賑《いんしん》をきわめている。

料亭『浜之屋』は、木挽町一丁目の南角にあった。すぐ前が紀伊国橋である。十五の座敷数を誇る大きな二階家で、周囲は黒板塀でかこまれている。

小夜は裏手の切戸口から中に入り、裏庭をぬけて、勝手口から屋内に侵入した。

板場の前の廊下は、まるで戦場《いくさば》のような忙しさだった。仲居や女中たちが酒肴の膳を持って、入れ替わり立ち替わり出入りしている。その半数は臨時雇いの女たちである。

小夜は何食わぬ顔で喧騒《けんそう》の中にまぎれ込んだ。板場の賄《まかな》い女もてんてこ舞いの忙しさである。相手の顔も見ずに、次から次に膳を手渡している。

「はい、これ楓《かえで》の間《ま》!」

いきなり小夜の前に膳が突き出された。それを受け取ってすばやく踵を返す。

迷路のように入り組んだ廊下を歩きながら、笠倉屋利兵衛の座敷を探した。もっとも探したところで、そう簡単に見つかるわけはない。座敷は二階に八つ、一

階に七つ、合計十五室もあるのだ。通りすがりの女中を呼び止めて訊ねると、

「牡丹《ぼたん》の間《ま》。二階の一番奥の右側」

つっけんどんな応えが返ってきた。

「どうも」

一礼して、突きあたりの階段を上がった。

廊下の奥の右側に『牡丹の間』があった。襖をそっと開けて中をのぞきこむ。

利兵衛が手酌で酒を飲んでいた。大菱屋八郎左衛門はまだ来ていない。

利兵衛が大菱屋を招いた目的は、備前屋の明き株を買い取るための根回しをするためだった。大菱屋は、死んだ備前屋惣右衛門に代わって、蔵前の札差組合の月番行司をつとめている。二人の間を仲介したのは、仁杉与左衛門だった。

「失礼いたします」

膳を持って入ってきた小夜を見て、利兵衛がけげんそうに眉をよせた。

「膳はもうそろっているぞ」

「は？」

見ると、利兵衛の前には二人分の膳が四ノ膳までそろっている。

「あ、あの、これは女将からのほんの気持ちですので」

「そうか……。ちょうどいい。大菱屋さんが着くまで酌をしてもらおうか」

「は、はい」

と、かたわらに腰をおろして酌をする。その手がかすかに震え、利兵衛の膝に酒が数滴こぼれた。手元が狂ったわけではない。これも作戦のうちだった。

「お、おい！」

「あ、申しわけありません。ただいまお手拭きを……」

と片膝をついて立ち上がりかけたときには、もう小夜の手は髪に伸びており、銀の平打ちのかんざしが手の内にあった。それを一気に利兵衛の盆の窪に突き刺す。深々と埋まったかんざしの尖端は、延髄《えんずい》にまで達していた。延髄は後脳と脊《せき》髄《ずい》をつなぐ急所中の急所である。

「う……」

利兵衛の体が硬直した。スッとかんざしを引きぬく。そのとき、

「大菱屋さま、ただいまご到着ーッ」

階下で番頭らしき男の声が聞こえた。

ひらりと裾をひるがえして、小夜は部屋を飛び出した。

ギシ、ギシ……。

人が通るたびに橋板がきしむ。

もう半刻（一時間）あまり、万蔵は永代橋の橋桁《はしげた》と橋板の間のわずかな隙間に身をひそめて、橋板がきしむ音を聞きつづけていた。いや、聞かされつづけていた。

下は大川である。川面に白い霧が薄《うっす》らとたゆたい、橋の下を行き来する屋根船や猪牙舟の船提灯の明かりが、霧ににじんでゆらゆらと揺曳《ようえい》している。

（早く来やがれ）

腹の底で苦々しくつぶやきながら、万蔵は大川東岸にきらめく灯影を見やった。深川の街灯りである。あの灯りのどこかに片桐十三郎がいるのだ。

半次郎の情報によると、片桐は今夜五ツ（午後八時）ごろ、子飼いの若手同心二人を引き連れ、鎧《よろい》の渡し場あたりから猪牙舟に乗って深川に向かったという。とすれば、帰りも猪牙舟に乗って永代橋の下をくぐるにちがいない。万蔵はそれを待っているのである。

目印は「丸に吉の字」の船提灯。猪牙舟の船頭の頭文字をとった舟印である。

その舟が橋の下を通ったときが勝負だ。

ややあって……。

万蔵の頭上で、また橋板がギシギシときしんだ。四ツ（午後十時）をとうに過ぎているのに橋の往来は絶えることがない。人が通るたびに橋板の隙間から土ぼこりが落ちてくる。それを手で払いながら、橋の下に目をやった。

屋根船の明かりがゆったりと流れてくる。その明かりで船頭の顔がぼんやり見えた。髭面の四十がらみの男である。そこまで見えれば〝獲物〟を見過ごすこともあるまい。

永代橋は江戸で一番高い橋である。『武江図説《ぶこうずせつ》』には、

「此《こ》の橋、勝《すぐ》れて高く、西に富士、北に筑波《つくば》、南に箱根、東に安房上総、かぎりなく見えわたり眺望よし。江府第一の大橋」

とあるが、実際にどのぐらいの高さがあったかというと、『文政町方書上《ぶんせいまちかたかきあげ》』には、

「橋高さ、上げ潮湛《たた》へに一丈あまり」

と記されている。一丈は約三メートル。現代人の感覚からすれば驚くほどの高さではない。

しばらくして……。

上流にぽつんと小さな明かりが浮かんだ。万蔵はじっと目をこらして、霧ににじむその明かりを凝視した。しだいに明かりが接近してくる。

（来た！）

万蔵の目がきらりと光った。猪牙舟の船提灯に記された「丸に吉の字」の船印がはっきりと目睹《もくと》できた。舟は東岸に沿って進んでくる。万蔵は橋桁に渡された横木にまたがると、尻をゆっくり滑らせて舟の進行方向に体を移動させた。

永代橋の長さは百十四間（約二百七メートル）、橋杭《はしぐい》（橋脚）の数は三十本ある。橋杭と橋杭の距離はおよそ七メートル。万蔵は三本目の橋杭の上で体をとめた。およそ二十メートル移動したことになる。そこでおもむろにふところから縄《じょう》鏃《ぞく》の束を取り出して、革紐の輪を左肩にかけ、尖端を短く持ってぐるぐると回しはじめる。遠心力で尖端に加速がつく。

猪牙舟が橋の真下に差しかかった。舳先《みよし》の舟縁にもたれて片桐十三郎が座っている。若い同心は胴の間に座って居眠りをしていた。船頭は艫《とも》で櫓《ろ》を使っている。

（いまだ！）

万蔵の手から縄鏃が放たれた。尖端の鏃《やじり》が一直線に猪牙舟に向かって飛んでゆく。

片桐の体がぐらりと揺らいだ。

すかさず革紐をしゃくり上げる。縄鏢の尖端が闇に躍《おど》った。革紐をたぐり寄せる。尖端に真っ赤な血が付着していた。片桐の胸板をつらぬいた何よりの証である。

上体を大きくのけぞらせた片桐が、舟縁から川面に落ちてゆく姿が、万蔵の目にしかと確認できた。

「旦那ッ！」

「片桐さん！」

船頭の声と若手同心の叫び声を聞きながら、万蔵は橋桁《はしげた》から身を乗り出して両手を橋板にかけ、くるっと体を回転させて橋の上に立った。さいわい橋を往来する者は誰もいなかった。万蔵が足早に橋をわたってゆく。ギシギシと橋板がきしんだ。

6

ジジ……。

行燈の明かりがかすかに揺れた。

若い女の裸身がうねうねと妖しげに波打っている。

「あ、いや……」

女が小さな声を発して身をよじらせた。両膝を立てた女の股間に、これも全裸の武士が顔をうずめて、むさぼるように秘所をねぶっている。仁杉与左衛門である。

女の名はお滝《たき》という。歳は十八。神田白壁町《しらかべ》の左官屋の娘である。博奕《ばくち》好きの父親の借金を返すために丸太新道の小料理屋で働いていたところを、仁杉に見そめられて囲い者になったのである。むろん、父親の借金は仁杉が肩代わりした。いわば金で買った女である。

「どうだ？　よいか」

仁杉が顔をあげた。

「はい」

と、お滝が小さく応える。

「よし、座れ」

「はい」

いわれるまま、お滝は体を起こして仁杉の前に正座した。小柄な体つきだが胸は大きく、腰の肉づきもいい。はち切れんばかりの張りのある肌をしている。

仁杉が立ち上がって、お滝の前に仁王立ちした。股間に怒張した一物がぶら下がっている。

「いつものようにやってくれ」

「はい」

お滝は指先で仁杉の一物をつまみ、舌先で尖端をなめまわした。それから口の中に入れて、ゆっくり出し入れする。唇をすぼめて喉の奥まで入れる。口の中で一物がさらにふくらんでくる。ひくひくと波うつのが、お滝の舌先に敏感に伝わってくる。

「うッ、いかん！　まだだ！」

仁杉がうめいた。お滝はすかさず一物の根元を指で締めた。口の中からつるりと抜けた。

「手をつけ」

という。すべてが命令口調である。

お滝は素直に両手をつく。すると今度は尻をあげろという。まるで動物の調教である。いわれるまま、お滝は両膝をついて尻をあげた。四つん這いの恰好になる。仁杉がうしろに回って、下から手を入れて秘所をなであげた。その指先が菊の座に触れた。

「あ、そこは……」

といって、お滝が激しく首をふる。

「力をぬけ」

いいざま、菊の花芯に尖端を当て、両手で尻をわしづかみにして、ぐいと押し込む。

「ひッ」

と、お滝がのけぞった。菊の座は初めてだったが、思いのほか痛みはない。それどころか今まで経験したことのない奇妙な快感が下腹に奔《はし》った。仁杉は一物を出し入れしながら、両手をお滝の胸に回して、乳房をもみしだく。

「あッ、ああ……」

髪をふり乱して、お滝が狂悶する。

いたぶるように菊の座を責めておいて、今度は前門を責める。お滝はほとんど狂乱状態だ。それでも仁杉の腰の動きは止まらない。ますます激しくなる。

「あ、ああ、だめッ！」

お滝が叫ぶ。

「わ、わしも……、果てる！」

一気に引き抜いた。畳一面にドッと白い泡沫が飛び散った。そのままどすんと腰をつき、肩をゆすって息をととのえる。お滝は腹ばいになって死んだように弛《し》緩《かん》している。

「風呂はわいているのか」

「はい」

うつ伏せになったたまま、お滝が小さく応えた。

寸刻後――。

酒の支度をしていたお滝は、玄関の引き戸が開く音を聞いて、けげんそうに廊下に出た。三和土《たたき》に塗り笠をかぶった着流しの侍がうっそりと突っ立っている。

「どちらさまでしょうか」

「奉行所の使いの者です」

低い、くぐもった声が返ってきた。直次郎の声である。

「仁杉さまはご在宅かな」

「ただいまお風呂に……」

いいかけたお滝の鳩尾《みぞおち》に、いきなり当て身を食らわせ、土足のままずかずかと廊下に上がり込んだ。奥から湯の流れる音がする。脱衣場の引き戸の前に立った。中から仁杉の鼻唄が聞こえてくる。がらりと引き戸を開け放った。脱衣場と風呂場の間はすだれで仕切られている。

「お滝か」

すだれの向こうから仁杉の声がした。直次郎はやおら刀を引き抜き、仕切りのすだれをばっさり切り落とした。湯船の中の仁杉がはじけるように立ち上がった。

「だ、誰だ！　貴様」

「わたしです」

直次郎が塗り笠をはずした。

「仙波ッ」

「お背中を流しましょうか」

「ぶ、無礼な！　出ていけ。とっとと出ていけッ」

仁杉がわめく。その鼻面にぴたりと切っ先を突きつけ、

「仁杉さん、あんたも結構な悪《わる》ですな」

「な、何のことだ」

「笠倉屋とつるんで公儀のお救い米を横流ししてたそうで」

「そうか」

仁杉の顔に開き直ったような笑みが浮かんだ。

「貴様もそのおこぼれにあずかりたいと申すのか。いいだろう。金ならいくらでもくれてやる。明日、わしの部屋に来い」

「生憎《あいにく》だが仁杉さん、あんたに明日という日はねえんですよ」

「なに」

「死んでもらいます」

「ま、待て！」

ざばっと湯船から飛び出し、

「すぐに欲しいというなら、わしと一緒に組屋敷に来てくれ。五十両ぐらいなら持ち合わせがある」

「金で人の怨《うら》みはチャラにはできやせんぜ」

「怨み？……ま、まさか、貴様が『闇の殺し人』！」

「その、まさかなんで」

いうなり刀を薙《な》ぎ上げた。

「わっ」

と、わめいてのけぞり、洗い場の簀《す》の子《こ》の上にどすんと尻餅をついた。股間が血で真っ赤に染まっている。そのかたわらに切断された仁杉の一物が血まみれで転がっていた。

「いまのは、娘婿を殺された米山さんの怨みだ」

「た、頼む。命だけは……」

助けてくれ、といい終わらぬうちに二の太刀が仁杉の胸板をつらぬいていた。

仁杉は思わず両手で刀刃をにぎった。

「これは中瀬数馬の怨み」

といいつつ、ゆっくり刀を引き抜く。刀刃をにぎった仁杉の両手の指がばらばらと切れ落ちた。胸元から音を立てて血が噴き出し、洗い場の簀の子の上に滝のように流れ落ちた。仁杉の顔からみるみる血の気が引いてゆく。

刀の血脂を湯船の湯で洗い流して鞘に納め、脱衣場の床から塗り笠をひろい上げて頭にかぶると、直次郎は何事もなかったように風呂場を出ていった。

廊下にお滝が気絶したまま倒れ伏している。それをまたいで三和土に足を踏み下ろし、足早に玄関を出た。

白い霧が立ち込めている。

ぶるっ、と身震いして両手をふところに突っ込むと、直次郎は大股に歩き出した。その影が常夜灯の明かりの中に吸いこまれ、ほどなく白い霧の奥に消えていった。

注・本作品は、平成十三年八月、小社から文庫判で刊行された、
『必殺闇同心』の新装版です。

一〇〇字書評

切り取り線

購買動機（新聞、雑誌名を記入するか、あるいは○をつけてください）

- □（　　　　　　　　　　　　）の広告を見て
- □（　　　　　　　　　　　　）の書評を見て
- □ 知人のすすめで
- □ タイトルに惹かれて
- □ カバーが良かったから
- □ 内容が面白そうだから
- □ 好きな作家だから
- □ 好きな分野の本だから

・最近、最も感銘を受けた作品名をお書き下さい

・あなたのお好きな作家名をお書き下さい

・その他、ご要望がありましたらお書き下さい

住所	〒				
氏名		職業		年齢	
Eメール	※携帯には配信できません	新刊情報等のメール配信を 希望する・しない			

この本の感想を、編集部までお寄せいただけたらありがたく存じます。今後の企画の参考にさせていただきます。Eメールでも結構です。

いただいた「一〇〇字書評」は、新聞・雑誌等に紹介させていただくことがあります。その場合はお礼として特製図書カードを差し上げます。

前ページの原稿用紙に書評をお書きの上、切り取り、左記までお送り下さい。宛先の住所は不要です。

なお、ご記入いただいたお名前、ご住所等は、書評紹介の事前了解、謝礼のお届けのためだけに利用し、そのほかの目的のために利用することはありません。

〒一〇一－八七〇一
祥伝社文庫編集長　坂口芳和
電話　〇三（三二六五）二〇八〇

祥伝社ホームページの「ブックレビュー」からも、書き込めます。

www.shodensha.co.jp/bookreview

祥伝社文庫

必殺闇同心《ひっさつやみどうしん》　新装版《しんそうばん》

令和 元 年 12 月 20 日　初版第 1 刷発行

著　者　黒崎裕一郎《くろさきゆういちろう》
発行者　辻　浩明
発行所　祥伝社《しょうでんしゃ》
東京都千代田区神田神保町 3-3
〒 101-8701
電話　03（3265）2081（販売部）
電話　03（3265）2080（編集部）
電話　03（3265）3622（業務部）
www.shodensha.co.jp
印刷所　堀内印刷
製本所　ナショナル製本

 ISBN978-4-396-34592-1 C0193

祥伝社文庫の好評既刊

黒崎裕一郎
公事宿始末人《くじやど》 千坂唐十郎《ちさかとうじゅうろう》
〈奉行所に見放され、悲惨な末路を辿った人々の恨みを晴らしてほしい〉——千坂唐十郎は悪の始末を託された。

黒崎裕一郎
公事宿始末人 破邪《はじゃ》の剣
濡れ衣を着せ、賄賂をたかり、女囚を売る——奉行所で蔓延《はびこ》る裏稼業。裁かれぬ悪に唐十郎の怒りの刃《やいば》が唸る！

黒崎裕一郎
公事宿始末人 叛徒《はんと》狩り
将軍・吉宗の暗殺のため、市中に配された大量の爆薬……。唐十郎の剣は、無辜《むこ》の民を救えるか⁉

黒崎裕一郎
公事宿始末人 斬奸無情《ざんかんむじょう》
同心と岡っ引殺しの背後に隠された、阿片密売と横領が絡む大垣藩の不正とは……。唐十郎、白刃煌めく敵陣へ！

長谷川 卓
風刃《ふうじん》の舞《まい》 北町奉行所捕物控①
無辜の町人を射殺した悪党、商家を皆殺しにする凶悪な押込み……。臨時廻り同心・鷲津軍兵衛が追い詰める！

長谷川 卓
黒太刀《くろだち》 北町奉行所捕物控②
斬らねばならぬか——。人の恨みを晴らす義の殺人剣・黒太刀。探索に動き出した軍兵衛に次々と刺客が迫る。

祥伝社文庫の好評既刊

長谷川　卓
空舟《うつろぶね》
北町奉行所捕物控③
鷲津軍兵衛に、凄絶《せいぜつ》な突きが迫る！　正体不明の《絵師》を追う最中《さなか》、立ちはだかる敵の秘剣とは⁉

長谷川　卓
毒虫
北町奉行所捕物控④
地を這《は》うような探索で一家皆殺しの凶賊を追い詰める軍兵衛ら。そんな折、かつての兄弟子の姿を見かけ……。

長谷川　卓
雨燕《あまつばめ》
北町奉行所捕物控⑤
己をも欺《あざむ》き続け、危うい断崖《だんがい》に生きる女の儚《はかな》き純な恋。互いの素性《すじょう》を知らず惹《ひ》かれ合う男女に、凶賊の影が！

長谷川　卓
寒《かん》の辻
北町奉行所捕物控⑥
浪人にしつこく絡んだ若侍らは、人違いから別人を殺《あや》めてしまう――管轄違いの一件に軍兵衛は正義を為《な》せるか？

長谷川　卓
明屋敷番始末《あけやしきばんしまつ》
北町奉行所捕物控⑦
不遇を託《かこ》つ伊賀者《いがもの》たちは憤怒した――「腑《ふ》抜《ぬ》けた武士どもに鉄槌《てっつい》を！」鍛え抜かれた忍の技が、鷲津軍兵衛を襲う。

長谷川　卓
野伏間の治助《のぶすまのじすけ》
北町奉行所捕物控⑧
野伏間の千社札を残し、大金を盗む賊を炙り出せ。八方破れの同心鷲津軍兵衛が、偏屈な伊賀者と手を組んだ！

祥伝社文庫の好評既刊

鳥羽　亮
はみだし御庭番《おにわばん》無頼旅
外様藩財政改革助勢のため、奥州路を行く〝はみだし御庭番〟。迫り来る反対派の刺客との死闘、白熱の隠密行。

鳥羽　亮
血煙《ちけむり》東海道　はみだし御庭番無頼旅②
初老の剛剣・向井泉十郎《むかいせんじゅうろう》、若き色男・植女京之助《うえめきょうのすけ》、そして紅一点の変装名人・おゆらが、父を亡くした少年剣士に助勢！

鳥羽　亮
中山道の鬼と龍　はみだし御庭番無頼旅③
火盗改《かとうあらため》の同心が、ただ一刀で斬り伏せられた！　公儀の命を受けた忍び三人は、剛剣の下手人を追い倉賀野宿《くらがのしゅく》へ！

鳥羽　亮
奥州乱雲の剣　はみだし御庭番無頼旅④
長刀をふるう多勢の敵を、庭番三人はいかに切り崩すのか？　流派の対立を超えた陰謀を暴く、規格外の一刀！

鳥羽　亮
箱根路闇始末　はみだし御庭番無頼旅⑤
飛来する棒手裏剣……修験者が興した謎の流派・神出鬼没の〝谷隠流〟とは？　忍び対忍び、苛烈な戦いが始まる！

工藤堅太郎
斬り捨て御免　隠密同心・結城龍三郎
剛剣を操る結城龍三郎《ゆうきりゅうざぶろう》が、凶悪な押込みと阿片《アヘン》密売の闇に迫る。闊達《かったつ》な台詞《せりふ》回しと迫力の剣戟《けんげき》が魅力の時代活劇！

祥伝社文庫　今月の新刊

須賀しのぶ
また、桜の国で
戦火迫るポーランドで、日本人青年に訪れた選択の時――直木賞候補作、待望の文庫化！

安達　瑶
悪漢《わる》刑事《デカ》　最後の銃弾
〝上級国民〟に忖度してたまるか！　敵だらけの刑事・佐脇は刺し違え覚悟の一撃を放つ。

辻堂　魁
希《のぞ》みの文《ふみ》　風の市兵衛　弐
市兵衛、危うし！　居所を突き止め、襲い来る暗殺集団に〝風の剣〟で立ち向かうが……。

黒崎裕一郎
必殺《ひっさつ》闇《やみ》同心《どうしん》《新装版》
〈殺し人〉となった同心が巨悪に斬り込む！「必殺仕事人」の脚本家が描く人気シリーズ。

喜安幸夫
幽霊奉行
圧政に死を以《もっ》て抗《あらが》った反骨の奉行、矢部《やべ》定謙《さだのり》。苦しむ民を救う為、死んだはずの男が蘇る！